भारत का अमृतकाल

भारत का अमृतकाल

विकसित भारत@100 की ओर 100 प्रगतिशील कदम

रंगम त्रिवेदी • वैद्यनाथन अय्यर

अनुवाद

अर्पण भट्ट, अंजलि पंडित, यश्वी राणा, अंजु उपाध्याय

प्रकाशक
प्रभात प्रकाशन प्रा. लि.
4/19 आसफ अली रोड, नई दिल्ली–110002
फोन : 011–23289777 • हेल्पलाइन नं. : 7827007777
इ–मेल : prabhatbooks@gmail.com ❖ वेब ठिकाना : www.prabhatbooks.com

संस्करण
2024

पेपरबैक मूल्य
चार सौ निन्यानबे रुपए

मुद्रक
आर–टेक ऑफसेट प्रिंटर्स, दिल्ली

———— ★ ————

BHARAT KA AMRITKAAL
by Shri Rangam Trivedi & Shri Vaidyanathan Iyer

Published by **PRABHAT PRAKASHAN PVT. LTD.**
4/19 Asaf Ali Road, New Delhi-110002

ISBN 978-93-5521-947-3

₹ 499.00 (PB)

अनुमोदन

प्रधानमंत्री नरेंद्र मोदीजी ने पिछले 10 वर्षों में भारत को विकास की नई ऊँचाइयों पर पहुँचाया है। यह परिवर्तन सभी क्षेत्रों में दिखाई दे रहा है, चाहे वह रेलवे हो, राजमार्ग हो, स्वास्थ्य सेवा हो, शिक्षा आदि हो।

'भारत का अमृतकाल' ऐसे 100 सबसे प्रभावशाली पहलों को दरशाती है। यह प्रधानमंत्री मोदी के 'सबका साथ, सबका विकास, सबका विश्वास और सबका प्रयास' के दृष्टिकोण की प्रतिबद्धता को दरशाती है। यह पाठकों, विशेषकर युवा पाठकों को इस परिवर्तन के प्रभाव को सरलता से समझने में मदद करेगी।

जैसे ही हम अपने अमृतकाल में आगे बढ़ रहे हैं, यह पुस्तक हमें विकसित भारत के लिए हमारी उपलब्धियों और योजनाओं को समझने में मदद करेगी। लेखकों को उनके सराहनीय प्रयासों के लिए बधाई।

—अश्विनी वैष्णव
केंद्रीय रेल, इलेक्ट्रॉनिक्स
और आईटी एवं संचार मंत्री

प्रस्तावना

भारत के समृद्ध इतिहास की शानदार चिरागनी में शासन का धागा युगों-युगों से बुना गया है, जिसका प्राचीन 'यजुर्वेद' की 'विद्या सभा' और 'राज सभा' से लेकर 'बृहदारण्य उपनिषद्' में उल्लेख है। यह पावन भूमि 'राम राज्य' और कौटिल्य के 'अर्थशास्त्र' के आदर्शों से आबद्ध है, जो सकारात्मक शासन के सार को महत्त्वपूर्ण रूप से जानती और मानती है।

पिछले दशक में, 2014 के बाद से एक परिवर्तनात्मक काल का सूर्योदय हुआ, जिससे शासन में एक नवयुग का प्रारंभ हुआ है। 'फ्रेजाइल फाइव' के टैग को छोड़कर 'सबसे तेजी से बढ़ने वाली' वैश्विक अर्थव्यवस्था के शिखर सर करते हुए, भारत आत्मनिर्भरता के लक्ष्य की ओर तेज गति से अग्रसर है और 'विश्व मित्र' के रूप में उभरा है। बहु-क्षेत्रीय सांख्यिकीय डेटा विकास का ठोस सबूत प्रदान करता है, जो 'अमृतकाल' की शुरुआत में 'विकसित भारत' के स्तंभों का निर्माण कर रहा है।

पिछले दशक में 'रिफॉर्म, परफॉर्म, ट्रांस्फॉर्म' के मंत्र को अपनाते हुए भारत ने जमीनी स्तर एक मजबूत नींव रखी है। उल्लेखनीय उपलब्धियों में विश्व की सबसे ऊँची प्रतिमा 'स्टैच्यू ऑफ यूनिटी' से लेकर दुनिया का सबसे ऊँचा रेल पुल 'चिनाब ब्रिज' शामिल हैं। 'जल जीवन मिशन' और 'नमामि गंगे' जैसी पहल शुद्ध जल और पर्यावरण संरक्षण को प्राथमिकता देती हैं। 'राष्ट्रीय समर स्मारक' युद्ध नायकों का सम्मान करता है और पद्म पुरस्कार अब जमीनी स्तर पर परिवर्तन लाने वालों का सम्मान करता है। विश्व योग दिवस में 180 से अधिक देशों का सम्मिलित होना और प्रधानमंत्री नरेंद्र मोदी को वैश्विक नेताओं द्वारा 'द बॉस' की उपाधि मिलना, यह विकसित भारत के वैश्विक नेतृत्व का प्रतीक है।

एक दशक पहले शासन व्यवस्था से जूझ रहा था, जिससे लोक कल्याण प्रभावित हुआ, अर्थव्यवस्था लड़खड़ा गई, वैश्विक प्रतिष्ठा कम हो गई और

इंफ्रास्ट्रक्चर का विकास पिछड़ गया। देश विकास का प्यासा हो रहा था, तब 2014 के बाद एक परिवर्तनकारी युग का उदय हुआ, जो प्रगति, विकास और भारत के भविष्य के लिए नए सिरे से आशावाद का प्रतीक बना, जहाँ राष्ट्र अपने युवाओं की आकांक्षाओं को पूर्ण करते हुए एक नया आकार ले रहा है, महिलाओं को नेतृत्व करने के लिए सशक्त बना रहा है, किसानों को समृद्ध कर रहा है, गाँवों का आधुनिकीकरण कर रहा है और गरीबों का उत्थान भी कर रहा है।

75वें स्वतंत्रता दिवस के संबोधन के दौरान हमारे माननीय प्रधानमंत्री श्री नरेंद्र मोदी द्वारा गढ़ी गई 'अमृतकाल' की अवधारणा एक महत्त्वपूर्ण मोड़ का प्रतीक बनी है। जैसे-जैसे देश नए वैश्विक मानक स्थापित करते हुए 'विकसित भारत' की दिशा में आगे बढ़ रहा है, यह पुस्तक पिछले दशक में भारत सरकार द्वारा 20 प्रमुख क्षेत्रों में 100 प्रभावशाली पहलों का विशेष रूप से वर्णन है। ये पहलें, जो अब राष्ट्र के ताने-बाने का अभिन्न अंग हैं, भारत को अपनी स्वतंत्रता की शताब्दी में एक विकसित राष्ट्र की स्थिति की ओर ले जाने के लिए उत्प्रेरक के रूप में कार्यरत हैं।

लंबे पाठों की जगह सटीक डेटा-समृद्ध शोध, अंतर्दृष्टियुक्त एवं उत्कृष्ट साहित्यिक अभिव्यक्तियों और मनोरम कलात्मक चित्रण के सामंजस्यपूर्ण मिश्रण में परिवर्तित यह पुस्तक सार्वजनिक नीतियों और सुशासन के प्रति दिलचस्पी रखने वाले लोगों के लिए पढ़ने के एक अद्वितीय अनुभव का वादा करती है। जो बात इस पुस्तक को अलग करती है, वह 'अमृतकाल' के दौरान 'विकसित भारत' की कल्पना करने वाले युवाओं के दृष्टिकोण और विचारों के साथ इसकी प्रतिध्वनि है। भावपूर्ण कथा और उत्कृष्ट चित्रण इसे युवा शोधकर्ताओं, सिविल सेवा के उम्मीदवारों और प्रतियोगी परीक्षाओं तथा नौकरी के लिए साक्षात्कार की तैयारी करने वाले छात्रों के लिए एक अमूल्य संसाधन बनाते हैं।

'अमृतकाल' में मजबूत लोकतंत्र की प्रतीक यह पुस्तक एक आदर्श बदलाव की प्रतीक है। शासन और नीति जैसे विषय कभी युवाओं में अरुचि पैदा करते थे, वह अब उनके लिए गौरव का विषय है और देश के विकास के बारे में जानने का एक अवसर बन गया है। विश्व का सबसे बड़ा लोकतंत्र और

लोकतंत्र का उद्गम स्थल अमृतकाल में सुशासन की वैश्विक राजधानी के रूप में प्रस्थापित हुआ है। शासन के उच्च मानकों से 'अमृत पीढ़ी' को सूचित करने, प्रेरित करने और शामिल करने के उद्देश्य के साथ यह पुस्तक एक प्रकाश-स्तंभ के रूप में प्रकाशित है, जो शासन और सार्वजनिक नीति में अनुसंधान को बढ़ावा देती है। यह युवाओं को 'विकसित भारत@2047' की गौरवशाली यात्रा में शामिल होने के लिए प्रेरित करते हुए प्रेरणा और जुड़ाव की लौ जलाने का एक ईमानदार प्रयास है।

आभार

हम उन प्रतिभाशाली कलाकारों के प्रति अपनी आंतरिक कृतज्ञता व्यक्त करना चाहते हैं, जिन्होंने अपनी डिजिटल स्केच कला से अमृतकाल की 100 पहलों को रोशन किया है—ध्रुवी जैन, चिनांक पसरीचा, अंशुल गुप्ता और सोफी अल्माज़। इन युवा कलाकारों के साथ जोड़ने के लिए हम कांति राणा हॉबी सेंटर, वडोदरा का भी आभार व्यक्त करते हैं। इस पुस्तक में प्रदर्शित नीति रेखाचित्र प्रदान करने के लिए नीरवद्य फाउंडेशन को भी धन्यवाद देते हैं।

हम भारत सरकार के माननीय केंद्रीय रेल, इलेक्ट्रॉनिक्स और आईटी एवं संचार मंत्री श्री अश्विनी वैष्णव के अत्यंत आभारी हैं, जिन्होंने अपनी प्रस्तावना द्वारा हमारे प्रयासों को प्रोत्साहित किया।

इस पहल में ब्लूक्राफ्ट डिजिटल फाउंडेशन के सहकार हेतु हार्दिक आभारी हैं।

अनुक्रम

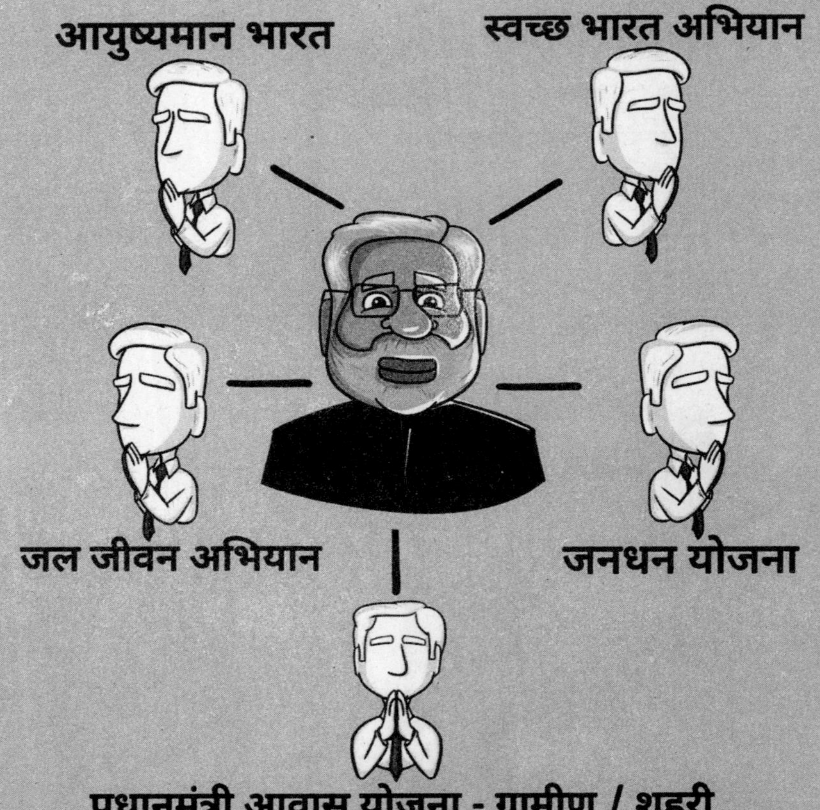
सुशासन संकल्प
आयुष्यमान भारत
स्वच्छ भारत अभियान
जल जीवन अभियान
जनधन योजना
प्रधानमंत्री आवास योजना - ग्रामीण / शहरी
Anshul Gupta

खंड-1

सुशासन संकल्प

"सुशासन के मूल में जमीनी स्तर पर सेवा लाभ पहुँचना है। अमृतकाल में हम लोगों के जीवन में सकारात्मक प्रभाव डालने और एक विकसित भारत बनाने की दिशा में अपने प्रयासों में दृढ़ हैं।"

—प्रधानमंत्री श्री नरेंद्र मोदी

(स्वतंत्रता दिवस संबोधन, लाल किला, नई दिल्ली, 2021)

15000+
अस्पताल, जिसमें
निजी और सरकारी
अस्पताल शामिल हैं।
अस्पताल
26.6
करोड़ से अधिक
आयुष्मान भारत
कार्ड जारी किए
जा चुके हैं।
आयुष्मान भारत कार्ड
₹. 5,00,000
स्वास्थ्य
बीमा
1393
चिकित्सा
प्रक्रिया
शामिल

1. पी.एम. जय : स्वास्थ्य परिवर्तन का दीपक

भारत ने एक ऐसे युग को पार कर लिया, जहाँ गंभीर बीमारियों ने निम्न आय वाले वर्ग के परिवारों को आर्थिक रूप से तबाह कर दिया था। 'आयुष्मान भारत प्रधानमंत्री जन आरोग्य योजना' दुनिया की सबसे व्यापक सरकारी वित्तपोषित स्वास्थ्य आश्वासन योजना है। 2018 में इसके शुभारंभ के बाद से, माध्यमिक और तृतीयक उपचारों के लिए 5 लाख रुपए तक का मुफ्त स्वास्थ्य कवरेज प्रदान करके इसने 50 करोड़ से अधिक नागरिकों को प्रत्यक्ष रूप से प्रभावित किया है, जो युगांडा, स्पेन और सूडान जैसे देशों की कुल आबादी के बराबर है। इस योजना ने नागरिकों को अभूतपूर्व समर्थन और सुरक्षा प्रदान करके स्वास्थ्य सेवा परिदृश्य को बदल दिया है, जो इस तरह के व्यापक स्वास्थ्य कवरेज की कल्पना भी नहीं कर सकते थे।

- 30.55+ करोड़ से अधिक आयुष्मान भारत कार्ड जारी किए, और इसके लॉन्च के बाद जनवरी 2024 तक 6 करोड़ से अधिक नागरिक मुफ्त इलाज से लाभान्वित हुए।
- यह कवरेज दवाओं तक ही सीमित नहीं है, बल्कि 5 लाख रुपए तक का मुफ्त उपचार, जैसे आपूर्ति, नैदानिक सेवाएँ, चिकित्सक शुल्क, कमरे का शुल्क, सर्जन शुल्क, ओटी और आई.सी.यू. शुल्क आदि शामिल हैं।
- इस योजना में गंभीर बीमारियों सहित 1393 चिकित्सा प्रक्रियाएँ शामिल हैं।
- पी.एम.जे.ए.वाई. के तहत 15,000 से अधिक निजी और सरकारी अस्पताल सूचीबद्ध हैं।
- इस योजना के लॉन्च होने के बाद 2023 तक गरीब और निम्न आय वर्ग के परिवारों ने कुल मिलाकर लगभग 1 लाख करोड़ रुपए की बचत की है।

तब...
अब...
10.60+ करोड़
नए घरेलू नल
कनेक्शन
(अगस्त 2019 - दिसम्बर 2023)
9 राज्य और
केंद्रशासित प्रदेश
शामिल - 100%
कनेक्शन
सुरक्षित एवं (किफायती) पेय जल

2. प्रगति की प्यास को बुझाता : जल जीवन मिशन

अब वैश्विक फोटोग्राफी प्रतियोगिताओं में पानी से भरे बरतनों के साथ किलोमीटर तक पैदल चलने वाली महिलाओं की छवियों को प्रदर्शित नहीं किया जाएगा, भारत ने अपनी कथा को फिर से परिभाषित किया है। 'इज ऑफ लिविंग' के मंत्र को अपनाते हुए और 2024 तक ग्रामीण क्षेत्रों को 100 प्रतिशत कार्यात्मक घरेलू नल से जल कनेक्शन (एफ.एच.टी.सी.) प्रदान करने के लिए प्रतिबद्ध, देश में 2019 में जल जीवन मिशन की शुरुआत के बाद से 16.82 प्रतिशत से बढ़कर 70.49 प्रतिशत ग्रामीण नल से जल कवरेज हो गया है। 'पानी समितियों' के माध्यम से स्थानीय समाज को शामिल करने वाले इस अनूठे मिशन ने कार्यान्वयन पर एक अमिट प्रभाव छोड़ा है। आजादी के बाद के 72 साल पुराने मुद्दे को संबोधित करते हुए यह 2047 में 'विकसित भारत' की दिशा में तेजी से प्रगति का उदाहरण है, जो 'अमृतकाल' के सार को दरशाता है।

- मिशन ने शुरू होने के बाद से नवंबर 2023 तक 10.93+ करोड़ से अधिक घरेलू नल जल कनेक्शनों को जोड़ा, जिससे कुल 14.17 करोड़ कनेक्शन हुए।
- गुजरात, हिमाचल, तेलंगाना, गोवा, पंजाब और हरियाणा जैसे नौ राज्यों ने 2023 में 100 प्रतिशत ग्रामीण नल जल कवरेज प्राप्त की।
- भारत ने वर्ष 2030 तक सभी के लिए सुरक्षित और किफायती पेयजल तक सार्वभौमिक पहुँच का लक्ष्य निर्धारित किया है।
- इससे हर दिन 5.5 करोड़ घंटों की बचत होगी, खासकर महिलाओं के बीच, जो उन्हें व्यक्तिगत और आर्थिक विकास का अवसर प्रदान करेगी।
- इससे देश भर में डायरिया से होने वाली लगभग 4,00,000 मौतें रोकी जा सकेंगी।

कचरे का विभाजन
कचरा
सुखा कचरा
गीला कचरा
जमीन पर संग्रह
कचरा संग्रहण
स्वच्छ भारत
प्रक्रिया
11.34 करोड़ से अधिक शौचालय बनाये गये।
क्रमशः 2.54 लाख से अधिक गांवों में सॉलिड कचरा प्रबंधन सुविधाएं और 4.15 लाख गांवों में प्रवाही कचरा प्रबंधन सुविधाएं विकसित की गई हैं।
6 लाख गांवों को खुले में शौच से मुक्त किया।

3. स्वच्छ भारत मिशन : स्वच्छता की क्रांति

2014 के महत्त्वपूर्ण वर्ष ने नए भारत की परिवर्तनकारी यात्रा की शुरुआत की, जिसमें स्वच्छ भारत मिशन एक महत्त्वपूर्ण कदम के रूप में उभरा, जो दुनिया की सबसे बड़ी स्वच्छता पहल में एक प्रारंभिक कदम से विकसित हुआ। इस मिशन ने देश के स्वच्छता कवरेज को 2014 में 39 प्रतिशत से 2019 में उल्लेखनीय 100 प्रतिशत तक बढ़ा दिया, संयुक्त राष्ट्र एसडीजी 6.2 को निर्धारित समय से 11 साल पहले पूर्ण किया। 2020 में शुरू किया गया चरण 2 सतत प्रगति के लिए व्यापक ठोस और तरल अपशिष्ट प्रबंधन को शामिल करते हुए ओ.डी.एफ. प्लस और ओ.डी.एफ. प्लस से राइसिंग गाँवों को बनाने की आकांक्षा रखता है। स्वच्छता से परे यह एक स्वस्थ भारत को आकार देने और 'इज्जत घर' के व्यापक कार्यान्वयन के माध्यम से महिलाओं की गरिमा की रक्षा करने में प्रतिबिंबित होता है।

- नवंबर 2023 तक 11.34 करोड़ से अधिक शौचालय निर्मित, 5 वर्षों में लगभग 6 लाख गाँव शौच से मुक्त।
- नवंबर 2023 तक चरण 2 के तहत 4.84 लाख गाँवों को 1.43 लाख करोड़ रुपए के बजट से ओ.डी.एफ. प्लस दिया गया।
- नवंबर 2023 तक 2.54 लाख गाँवों और 4.15 लाख गाँवों में ठोस और तरल अपशिष्ट प्रबंधन सुविधाएँ विकसित की गईं।
- चरण 2 में बायोडिग्रेडेबल अपशिष्ट, प्लास्टिक कचरा, सोक पिट, कंपोस्ट पिट, बायोगैस संयंत्र शामिल हैं।
- ओ.डी.एफ. गाँवों के कार्यान्वयन के बाद भारत में सालाना 199 मिलियन डायरिया के मामले काफी कम हो गए।

एक सप्ताह में खुले नये बैंक खाते...
भारत
18,09,613
गिनीज
विश्व
रिकार्ड
RuPay
DEBIT
मोबाइल
बैंकिंग
फ़ायदे
सीधा लाभ हस्तांतरण
बीमा
(धन) जमा करना
सरकार
योजनाएं

4. बैंक रहित से सशक्त नागरिक : जन धन की यात्रा

भारत को वैश्विक स्तर पर आर्थिक रूप से शीर्ष तीन स्थानों पर पहुँचाने के लिए एक दूरदर्शी दृष्टिकोण, जिसका उद्देश्य सरकारी कल्याणकारी योजनाओं को अंतिम छोर तक पहुँचने के लिए और प्रत्येक नागरिक के वित्तीय समावेश के माध्यम से 'अंत्योदय' को साकार करना है। वित्तीय समावेशन सुनिश्चित करने के उद्देश्य से 2014 में शुरू की गई प्रधानमंत्री जन धन योजना 'अमृतकाल' के दौरान नए भारत की शानदार यात्रा में एक मूलभूत कदम के रूप में खड़ी है, जो 2047 तक 'विकसित भारत' के दृष्टिकोण की ओर अग्रसर है। यह परिवर्तनकारी योजना बैंकिंग सुविधा से वंचित लोगों को बुनियादी जीरो-बैलेंस बचत खाते खोलने का अधिकार देती है, जिससे जमा रकम पर ब्याज के साथ वित्तीय पहुँच को बढ़ावा मिलता है।

- नवंबर 2023 तक 50.89 करोड़ से अधिक बैंक खाते खोले गए हैं, जिनमें से 33.98 करोड़ ग्रामीण और अर्ध-शहरी क्षेत्रों के हैं और 28.24 करोड़ महिला लाभार्थी हुए।
- लाभार्थियों के खातों में नवंबर 2023 तक कुल 2,08,131.99 करोड़ रुपए जमा थे।
- योजना के तहत रुपे डेबिट कार्ड और 10,000 रुपए तक की ओवरड्राफ्ट सुविधा उपलब्ध है।
- एक गिनीज वर्ल्ड रिकॉर्ड ने इस योजना को 23 से 29 अगस्त, 2014 तक मान्यता दी है, जिसमें 18,096,130 बैंक खाते खोले गए।
- योजना के तहत पात्र खाताधारकों के लाभार्थियों को मुद्रा, प्रत्यक्ष लाभ अंतरण, बीमा, ऋण, प्रेषण जैसी सभी सरकारी योजनाओं का लाभ होता है।

पीएमए शहरी योजना के अंतर्गत 1.18 करोड़ से ज्यादा घरों को मंजूरी दी गई है, 1.13 करोड़ से ज्यादा घरों का निर्माण कार्य चल रहा है और 77.85 लाख से ज्यादा घर पूर्ण किए गए हैं।
PMAY ग्रामीण योजना के शुरू होने के बाद, 2.94+ करोड़ घरों को मंजूरी दी गई है और 2.49 करोड़ घरों का निर्माण पूर्ण हुआ है।
घर मालिक

5. पी.एम. आवास योजना : सामाजिक-आर्थिक पुनरुत्थान

शहरी और ग्रामीण क्षेत्रों में पी.एम.ए.वाय. 2015 और 2016 में शुरू किए गए आर्थिक रूप से कमजोर वर्गों को गुणवत्तापूर्ण, किफायती, सभी मौसम के लिए पक्का आवास प्रदान करने के लिए एक अटूट प्रतिबद्धता का प्रतीक है। अंतर्निहित खामियों वाली पिछली सरकारी आवास योजनाओं के विपरीत यह पहल बेहतर निर्माण प्रौद्योगिकी, बढ़ी हुई निगरानी, पारदर्शिता, सुविधाओं और इसके तेजी से कार्यान्वयन में कुशल अभिसरण को प्राथमिकता देती है। महिलाओं के लिए स्वामित्व या सह-स्वामित्व को अनिवार्य करने वाली यह योजना एक सशक्तीकरण के उपकरण के रूप में कार्य करती है। सुरक्षा और स्वामित्व गौरव की भावना के साथ-साथ गरिमापूर्ण जीवन सुनिश्चित करके, पी.एम.ए.वाय. 'अमृतकाल' में सामाजिक-आर्थिक सशक्तीकरण कथा में महत्त्वपूर्ण योगदान देता है।

- जनवरी 2024 तक पी.एम.ए.वाय. शहरी : 24 निर्माण प्रौद्योगिकियों का उपयोग करके 1.18 करोड़ से अधिक घरों को मंजूरी दी, जिनमें से 79.26 लाख का निर्माण पूरा हो चुका है।
- पी.एम.ए.वाय. ग्रामीण : ग्रामीण क्षेत्रों में किफायती आवास को बढ़ावा देकर 2.94 करोड़ से अधिक घरों को मंजूरी दी, जनवरी 2024 तक 2.54 करोड़ पूरे किए गए।
- इस योजना के तहत 70 फीसदी घर महिलाओं के नाम पर रजिस्टर्ड हैं।
- पी.एम.ए.वाय. में त्वरित, टिकाऊ और लागत प्रभावी प्रोजेक्ट्स के लिए 24 प्रौद्योगिकियों और 33 सामग्रियों को अपनाना।
- एक मजबूत प्रबंधन सूचना प्रणाली (एम.आई.एस.) पी.एम.ए.वाय. में भौतिक और वित्तीय प्रगति का निर्बाध प्रबंधन सुनिश्चित करती है।

□

नारी वंदन

बेटी बचाओ, बेटी बढ़ाओ और सुकन्या समृद्धि योजना
नारी शक्ति वंदन अधिनियम
सशस्त्र बलों में स्थायी कमीशन
मिशन शक्ति
आर्थिक स्त्री सशक्तिकरण

खंड-2

महिला-नेतृत्व युक्त सशक्तीकरण

"महिलाओं को सशक्त बनाने का सबसे प्रभावी तरीका महिला-नेतृत्व वाला विकास दृष्टिकोण है और भारत इस दिशा में बड़ी प्रगति कर रहा है।"

—प्रधानमंत्री श्री नरेंद्र मोदी

(महिला सशक्तीकरण पर G20 मंत्रिस्तरीय सम्मेलन—02/08/2023)

नारी शक्ति वंदन अधिनियम
के अंतर्गत विधानसभा और
लोकसभा में महिलाओं को
33% आरक्षण दिया गया है

6. सीमाओं को तोड़ते हुए : भारत में नारी शक्ति वंदन अधिनियम

महिलाओं के नेतृत्व युक्त विकास की दिशा में एक ऐतिहासिक प्रगति, भारत ने सितंबर 2023 को 'नारी शक्ति वंदन अधिनियम' के तहत 'महिला आरक्षण विधेयक' के पारित होने के तहत एक मील का पत्थर हासिल किया। यह अभूतपूर्व कानून समावेशी शासन की दिशा में एक आदर्श बदलाव का प्रतीक है, जो नीति और कानून-निर्माण में महिलाओं की भागीदारी की बाधाओं को तोड़ता है। भारतीय संस्कृति में निहित यह अधिनियम 27 वर्षों के प्रयासों के बाद एक स्मारकीय क्षण को दरशाता है। नारी शक्ति वंदन अधिनियम न केवल महिलाओं की जीत है, बल्कि लोकतंत्र को भी मजबूत करता है, एक अधिक समावेशी और विकसित युग की शुरुआत करता है और लोकतांत्रिक शासन में उनकी भागीदारी को बढ़ाता है।

- 'नारी शक्ति वंदन अधिनियम' लोकसभा और राज्य विधानसभाओं में महिलाओं के लिए 33 प्रतिशत आरक्षण प्रदान करता है।
- यह नवनिर्मित संसद् भवन में पेश किया गया पहला बिल था।
- बिल महिलाओं के लिए आवंटित सीटों में से एस.सी. और एस.टी. के लिए अतिरिक्त कोटा के साथ 15 साल का आरक्षण स्थापित करता है।
- बिल के लागू होने से लोक सभा में महिला सदस्यों की संख्या 82 से बढ़कर 181 (17वीं लोकसभा) हो जाएगी।
- निष्पक्षता सुनिश्चित करने के लिए महिलाओं के लिए निर्धारित सीटें प्रत्येक परिसीमन अभ्यास के बाद घूमेंगी।

माध्यमिक शिक्षा में बेटियों का दाखिला बढ़ा
2014-15: 75.51%
2019-21: 79.46%

7. परिवर्तनकारी पहल : बेटी बचाओ-बेटी पढ़ाओ

2015 में शुरू की गई 'बेटी बचाओ-बेटी पढ़ाओ' (बी.बी.बी.पी.) योजना महज एक पहल से आगे बढ़कर लड़कियों को महत्त्व देने के लिए एक परिवर्तनकारी संदेश है। गिरते बाल-लिंग अनुपात के बारे में चिंताओं के बीच यह प्रयास लड़कियों और महिलाओं के सशक्तीकरण के लिए एक जीवन-चक्र निरंतरता बुनते हुए एक प्रकाश-स्तंभ के रूप में उभरा है। देशव्यापी मीडिया अभियान और 405 जिलों में रणनीतिक हस्तक्षेप के साथ, बी.बी.बी.पी. एक ऐसे समाज का पोषण करते हुए दृष्टिकोण में बदलाव की योजना बना रही है, जो अपनी बेटियों को महत्त्व देता है। योजना का प्रारंभिक फोकस मीडिया की वकालत पर था, जो 2015 में शुरू किया गया, जागरूकता और व्यवहारिक काया पलट के बीज बोकर एक अमिट याद के साथ एक ब्रांड को जन्म दिया—बी.बी.बी.पी., जो 'अमृतकाल' में लैंगिक समानता और महिला सशक्तीकरण की दिशा में भारत की यात्रा के लिए एक गान बन गया है।

- 2014-15 से 2022-23 तक राष्ट्रीय स्तर पर जन्म के समय लिंगानुपात 15 अंकों से सुधरकर 918 से 933 हो गया।
- 2014-15 से 2020-21 तक माध्यमिक शिक्षा में लड़कियों का नामांकन 75.51 प्रतिशत से बढ़कर 79.46 प्रतिशत हो गया।
- पहली तिमाही ए.एन.सी. पंजीकरण का प्रतिशत 2014-15 से 2029-21 तक 61 प्रतिशत से बढ़कर 73.9 प्रतिशत हो गया।
- 2014-15 से 2020-21 तक संस्थागत प्रसव का प्रतिशत 87 प्रतिशत से बढ़कर 94.8 प्रतिशत हो गया।
- 'STEM' क्षेत्रों में लड़कियों और महिलाओं की उल्लेखनीय 43 प्रतिशत उपस्थिति है, जो 2023 में वैश्विक स्तर पर सबसे अधिक दरों में से एक को दरशाती है।

जुलाई 2023 तक
भारतीय सेवा में 1733 महिला अधिकारी
भारतीय नौसेना में 580 महिला अधिकारी
सेना नौसेना और वायु सेवा मिलकर सेवा में आरोग्य सेवाओं में 6466
महिला अधिकारी

8. विकसित भारत : सशस्त्र बलों में लैंगिक समानता

भारतीय सशस्त्र बलों ने लैंगिक समावेशिता के एक ऐतिहासिक युग की शुरुआत की है, जिसमें महिलाओं को विभिन्न भूमिकाओं में 'दुर्गा' और 'शक्ति' के रूप में संदर्भित स्थायी कमीशन के अवसर प्रदान किए गए हैं। महिलाएँ अब युद्धपोतों पर काम करती हैं, विशेषज्ञ नौ सेना वायु संचालन (एन.ए.ओ.) भूमिका निभाती हैं और भारतीय नौसेना में जहाज से हेलीकॉप्टर संचालित करती हैं। एक अभूतपूर्व कदम में उन्हें भारतीय वायुसेना की सभी लड़ाकू भूमिकाओं में एकीकृत किया गया है। उन्होंने भारतीय सेना में कर्नल का पद भी प्राप्त किया है। 'विकसित भारत' को बढ़ावा देने वाले इस परिवर्तनकारी निर्णय की आधिकारिक तौर पर प्रधानमंत्री नरेंद्र मोदी ने 72वें स्वतंत्रता दिवस पर ऐतिहासिक लाल किले से घोषणा की थी।

- जनवरी 2023 तक भारतीय सेना में 1,733 महिला अधिकारी (मेडिकल को छोड़कर) और 100 अन्य रैंक थीं।
- जुलाई 2023 तक भारतीय वायु सेना में महिला अधिकारी (मेडिकल को छोड़कर) 1,654 थीं, जिनमें 155 वायुसैनिक थीं।
- जुलाई 2023 तक भारतीय नौसेना में 580 महिला अधिकारी (मेडिकल को छोड़कर) और 726 नाविक थीं।
- सशस्त्र बल चिकित्सा सेवा में जुलाई 2023 तक 6,466 महिला अधिकारी (सेना, नौसेना, वायुसेना) थीं।
- गणतंत्र दिवस 2024 : कर्तव्य पथ परेड में सभी महिला दल, बैंड और झाँकियाँ शामिल हुई, जो लैंगिक समानता के लिए एक ऐतिहासिक कदम रहा।

बैंक
सुकन्या
समृद्धि
योजना

9. सपनों के संरक्षक : सुकन्या समृद्धि योजना

22 जनवरी, 2015 को प्रधानमंत्री नरेंद्र मोदी द्वारा अनावरण किया गया 'सुकन्या समृद्धि योजना' (एस.एस.वाई.) का विकसित भारत में महिलाओं के वित्तीय सशक्तीकरण के लिए एक दूरदर्शी पहल है और एक उज्ज्वल अवसर के रूप में खड़ी है। वित्त मंत्रालय द्वारा परिकल्पित यह उल्लेखनीय छोटी जमा पहल लड़कियों के सपनों के लिए एक अभयारण्य के रूप में कार्य करती है। डाकघरों और वाणिज्यिक बैंकों की शाखाओं में उपलब्ध एस.एस.वाई. खाता उन अभिभावकों को गर्मजोशी से गले लगाता है, जो अपनी लड़कियों की शिक्षा और शादी की आकांक्षा रखते हैं। जैसे-जैसे समय आगे बढ़ता है, स्नेहपूर्वक तैयार किया गया यह खाता 21 वर्षों में परिपक्व हो जाता है, जो कर-मुक्तलाभ प्रदान करता है—'विकसित भारत' की बेटियों के लिए एक आशाजनक भविष्य को बढ़ावा देने वाला एक पोषित आश्वासन है।

- न्यूनतम निवेश 250 रु. प्रतिवर्ष और अधिकतम निवेश 1,50,000 रु. प्रतिवर्ष है।
- 2023 में, SSY ने 8 प्रतिशत की उच्चतम ब्याज दर प्रदान की।
- सुकन्या समृद्धि योजना में मूल धन, ब्याज और परिपक्वता लाभ धारा 80सी के तहत कर-मुक्त है।
- 18 साल की उम्र में, निवेश का 50 प्रतिशत तक समय से पहले निकाला जा सकता है, भले ही शादी आसन्न न हो।
- शुरुआत के बाद से 2023 के अंत तक इस योजना में लगभग 2.73 करोड़ खाते खोले गए हैं, जिनमें कुल जमा राशि लगभग 1.19 लाख करोड़ रुपए है।

संबल
बेटी बचाओ, बेटी पढ़ाओ
नारी अदालत
महिला हेल्पलाइन
सामर्थ्य
शक्ति निवास
शक्ति सदा
महिला सशक्तिकरण केंद्र

10. मिशन शक्ति : महिलाओं की प्रगति के लिए प्रतिबद्धता

'विकसित भारत' के लिए सरकार का दृष्टिकोण 15वें वित्त आयोग की अवधि के दौरान 'मिशन शक्ति' की महत्त्वपूर्ण पहल में मूर्तरूप लेता है। यह मिशन 'महिला-नेतृत्व वाले विकास' की प्रतिबद्धता के साथ सहजता से जुड़ते हुए महिलाओं की सुरक्षा और सशक्तीकरण के लिए हस्तक्षेप को मजबूत करने के लिए समर्पित है। जीवन-चक्र की निरंतरता में महिलाओं के मुद्दों को संबोधित करके, नागरिक स्वामित्व को बढ़ावा देकर और मंत्रालयों तथा विभागों के बीच अभिसरण बढ़ाकर 'मिशन शक्ति' महिलाओं को राष्ट्र-निर्माण में समान भागीदार के रूप में कल्पना करता है। उप-योजनाएँ 'संबल' और 'सामर्थ्य' महिलाओं की सुरक्षा सुनिश्चित करने और उन्हें भारत के समग्र विकास में सक्रिय रूप से योगदान करने के लिए सशक्त बनाने पर दोहरे फोकस को रेखांकित करती हैं।

- 15वें वित्त आयोग की अवधि के दौरान 'मिशन शक्ति' के लिए कुल 20,989 करोड़ रुपए का आवंटन किया गया है, जिसमें केंद्र सरकार का योगदान 15,761 करोड़ रुपए है।
- बजट आवंटन (2023-24) 3,146.96 करोड़ रुपए, जिसमें 'संबल' के लिए 562 करोड़ रुपए और 'सामर्थ्य' के लिए 2,581.96 करोड़ रुपए शामिल हैं।
- बेटी बचाओ-बेटी पढ़ाओ, नारी अदालत और महिला हेल्पलाइन 'संबल' के अंतर्गत घटक हैं।
- सखी निवास, शक्ति सदन और महिला सशक्तीकरण केंद्र 'सामर्थ्य' के घटक हैं।
- 'मिशन शक्ति' संयुक्त राष्ट्र के सतत विकास लक्ष्यों सहित अंतरराष्ट्रीय दायित्वों को पूरा करने के लिए भारत की प्रतिबद्धता को दरशाता है।

□

डिजिटल प्रभात

खंड-3

डिजिटल प्रभात

“भारत का डिजिटल सार्वजनिक इंफ्रास्ट्रक्चर वैश्विक चुनौतियों के लिए स्केलेबल, सुरक्षित और समावेशी समाधान प्रदान करता है।”

—प्रधानमंत्री श्री नरेंद्र मोदी

(जी 20 डिजिटल अर्थव्यवस्था मंत्रियों की बैठक, बेंगलुरु—19/08/2023)

दिसंबर 2023 तक, ई ग्रामस्वराज-4 ने 2.78 लाख पंचायती राज संस्थानों को ऑनलाइन सेवाओं और डिजिटल साक्षरता से सशक्त बना दिया है।
Government office
UMANG

11. शासन आपकी उँगलियों पर

अंतहीन कागजी काररवाई और निराशाजनक देरी से गुजरने के दिन चले गए हैं। भारत की डिजिटल क्रांति शासन को नया रूप दे रही है, इसे सभी के लिए सुलभ, पारदर्शी और सशक्त बना रही है। यहाँ पाँच तरीके दिए गए हैं, जिनसे टेक्नोलॉजी पूरे देश में जीवन को बदल रही है। डिजिटल में यह उछाल केवल एक ट्रेंड नहीं है; यह एक ऐसे भविष्य का वादा है, जहाँ टेक्नोलॉजी सशक्त बनाती है, पारदर्शिता होती है और सुशासन आदर्श बन जाता है। डाउनलोड करके इससे जुड़ें और 'विकसित भारत' की इस परिवर्तनकारी यात्रा का हिस्सा बनें। 'अमृतकाल' में परिवर्तन की शक्ति सिर्फ एक क्लिक की दूरी पर है।

- दिसंबर 2023 तक ई-ग्राम स्वराज-4 ने 2.78 लाख पंचायती राज संस्थानों को ऑनलाइन सेवाओं और डिजिटल साक्षरता के साथ सशक्त बनाया है।
- केवल एक टैप के साथ 'उमंग ऐप' के माध्यम से 23 भारतीय भाषाओं में स्वास्थ्य सेवा से लेकर शिक्षा तक 1,811 से अधिक सरकारी सेवाओं तक पहुँच होना।
- दिसंबर 2023 तक क्लाउड पर राष्ट्रीय दस्तावेज वॉलेट डिजिलॉकर ने 225.98 से अधिक मिलियन नागरिकों को सशक्त बनाया है।
- मायगोव समुदाय से जुड़कर 30.84 करोड़ से अधिक लोग दिसंबर 2023 तक मायगोव के साथी बन गए, जिससे जन भागीदारी बढ़ेगी।
- ट्रांसफॉर्मिंग इंडिया डैशबोर्ड नागरिकों को प्रमुख सरकारी योजनाओं पर ट्रैक करने, शासन में पारदर्शिता लाने की अनुमति देते हैं।

2025 तक 6.4 लाख गांवों में हाई स्पीड ब्रॉडबैंड नेटवर्क

12. भारतनेट : एक डिजिटल भारत का निर्माण

भारत नेट भारत का विस्तृत ऑप्टिक फाइबर हाईवे है, जो डिजिटल दूरी को कम करके कनेक्टिविटी की चुनौतियों को पार करता है। प्रत्येक केबल-किलोमीटर एक तकनीकी धागा बुनता है, जो 1.39 लाख करोड़ रुपए के बजट के साथ दुनिया की सबसे बड़ी ग्रामीण ब्रॉडबैंड पहल की स्थापना करता है। 2025 तक 6.4 लाख गाँवों को हाई स्पीड ब्रॉडबैंड नेटवर्क से जोड़ने का महत्त्वाकांक्षी लक्ष्य है। वैश्विक ध्यान इसके आर्थिक प्रभाव की ओर आकर्षित किया जाता है, जो 'इंडिया फाइबर-ऑप्टिक रिवोल्यूशन' (द फाइनेंशियल टाइम्स) और 'कनेक्टिंग द अनकनेक्टेड' (द वॉल स्ट्रीट जर्नल) जैसी सुर्खियों में परिलक्षित होता है। सशक्तीकरण के लिए परिकल्पित, भारत नेट समावेशिता की दिशा में आगे बढ़कर 'विकसित भारत' के दृष्टिकोण में योगदान दे रहा है।

- 2018 से, दिसंबर 2023 तक देश में 6.64 लाख किलोमीटर ऑप्टिकल फाइबर बिछाया गया है।
- दिसंबर 2023 तक कुल 2.64 लाख नियोजित सेवाओं में से 2.08 लाख ग्राम पंचायतें पहले से ही सेवाओं के साथ सशक्त है।
- भारतनेट ने दिसंबर 2023 तक पहले ही 12 लाख नौकरियों का सृजन कर लिया है और इसके आर्थिक प्रभाव को दरशाते हुए 2025 तक 1 लाख करोड़ रुपए का सृजन करने का अनुमान है।
- भारत की पहली 2,312 किलोमीटर लंबी ऑप्टिकल फाइबर परियोजना 2018 में चेन्नई-अंडमान और निकोबार द्वीप समूह को जोड़ने के लिए पूरी की गई थी।
- कोच्चि-लक्षद्वीप द्वीप समूह की 1989.19 किलोमीटर की पनडुब्बी ऑप्टिकल फाइबर कनेक्शन प्रोजेक्ट्स को 3 जनवरी, 2024 को 1000 दिनों के अंदर पूरा किया।

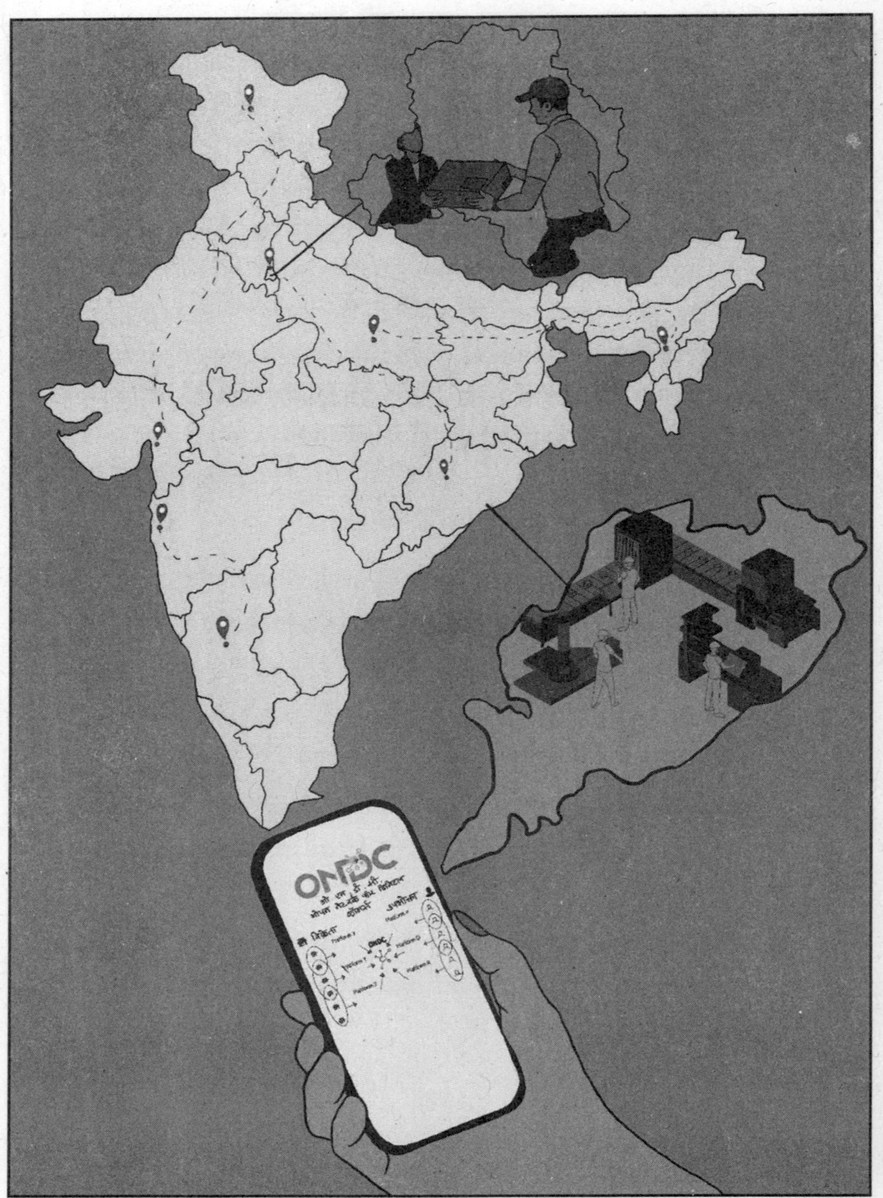
ONDC
ओ एन डी सी
ओपन नेटवर्क फॉर डिजिटल कॉमर्स
विक्रेता
उपभोक्ता
ONDC

13. ओ.एन.डी.सी. : मुक्त, समृद्ध-समावेशी ई-कॉमर्स

डिजिटल कॉमर्स के लिए भारत का ओपन नेटवर्क (ओ.एन.डी.सी.) एक तकनीक-संचालित बाजार की तरह ई-कॉमर्स में क्रांति ला रहा है, जो छोटे व्यवसायों को सशक्त बनाकर संभावनाओं से भरा हुआ है। दुनिया के तीसरे सबसे बड़े ऑनलाइन खरीदार बेस के साथ, ओ.एन.डी.सी. का लक्ष्य 2023 में ई-रिटेल की पहुँच को 4.3 प्रतिशत से बढ़ाकर विशेष रूप से छोटे शहरों और गाँवों में 12 मिलियन से अधिक विक्रेताओं को लाभ पहुँचना है। यह सिर्फ एक और बाजार नहीं है; यह एक आदर्श परिवर्तन है। ओ.एन.डी.सी. अवसरों के दरवाजे खोलकर सरकारी राजस्व को बढ़ावा देता है, विक्रेताओं को बड़े बाजार के खिलाड़ियों के साथ प्रतिस्पर्धा करने और खोजयोग्य बनने के लिए सशक्त बनाता है। यह सिर्फ एक बटन नहीं है; यह विकसित भारत के लिए एक जीवंत, समावेशी और सही मायने में भारतीय ई-कॉमर्स भविष्य के लिए एक पोर्टल है।

- ओ.एन.डी.सी. को दिसंबर 2023 तक देशभर के 500 से अधिक शहरों और कस्बों में संचालित किया गया था।
- दिसंबर 2023 तक 2.37 लाख से अधिक विक्रेताओं और सेवा-प्रदाताओं ने ओ.एन.डी.सी. पोर्टल को ऑनबोर्ड किया है।
- 2025 तक 1.5 लाख करोड़ रुपए की संभावना : असम के बुनकर की शहरी फैशनविदों तक पहुँच, केरल के मसाले दूर रसोई में पहुँचे हैं।
- 2030 तक 1.5 मिलियन नई नौकरियाँ : ए.आई. विशेषज्ञ ओ.एन.डी.सी. ऐप्स का निर्माण करेंगे, डिजिटल विभाजन को पाटने वाला रोजगार सृजन के लिए डिलीवरी एजेंट गाँवों में घूमते हैं।
- हिमालयी शहद शहर के बाजारों में पहुँचकर नागालैंड शिल्प विश्वस्तर से जुड़ता है। ओ.एन.डी.सी. का खुला नेटवर्क ई-कॉमर्स क्षेत्र में ग्रामीण विक्रेताओं का स्वागत करता है।

GeM
Government
e Marketplace
Efficient • Transparent • Inclusive
सत्यमेव जयते
TReDS
UDYAM
MSME
MICRO, SMALL & MEDIUM ENTERPRISES
Registration
उद्यम पर 3+ करोड़
एमएसएमई
पंजीकृत
दिसंबर 2023 तक

14. ई-खरीद : डिजिटल युग का रुख

भारत के ई-प्रोक्योरमेंट पोर्टल छोटे और मध्यम उद्यमों के लिए पारदर्शिता, दक्षता और अवसरों को बढ़ाकर स्क्रिप्ट को फिर से लिख रहे हैं। ये पोर्टल केवल आँकड़े नहीं हैं, ये व्यवसायों को सशक्त, प्रक्रियाओं को सुव्यवस्थित करके देश के आर्थिक इंजन को आगे बढ़ाते हैं। जी.ई.एम. पारदर्शी, कुशल और समावेशी सार्वजनिक खरीद सुनिश्चित करता है, टी.आर.ई.डी.एस. ऋण की कमी से जूझ रहे छोटे व्यवसायों को पूँजी पहुँच प्रदान करता है और उद्यम पोर्टल एम.एस.एम.ई. के लिए शून्य लागत और त्वरित पंजीकरण को सक्षम बनाता है। यही वह भविष्य है, जिसमें ये पोर्टल 'विकसित भारत' के लिए डिजिटल ईंट दर ईंट मार्ग प्रशस्त कर रहे हैं।

- 2016 के लॉन्च के बाद से जी.ई.एम. ने अक्तूबर 2023 तक 6.3 लाख करोड़ रुपए का लेनदेन किया है।
- जी.ई.एम. में 1.7 लाख से अधिक पंजीकृत विक्रेता हैं, जिनमें 70,000 से अधिक एम.एस.एम.ई. शामिल हैं।
- 2014 में लॉन्च हुआ टी.आर.ई.डी.एस. एम.एस.एम.ई. को चालान में छूट की अनुमति देकर तरलता चुनौतियों का समाधान करता है।
- इसके परिणामस्वरूप अक्तूबर 2023 तक 1.4 लाख करोड़ रुपए से अधिक के चालानों पर छूट दी गई है, जिससे एम.एस.एम.ई. के लिए वित्तपोषण लागत प्रभावी रूप से कम हो गई है।
- 2020 में लॉन्च किए गए उद्यम पोर्टल में दिसंबर 2023 तक 3 करोड़ से अधिक एम.एस.एम.ई. थे, जिनमें से 41 लाख महिलाओं के स्वामित्व में हैं।

व्यक्तिगत डिजिटल डेटा

15. जन–केंद्रित डी.पी.डी.पी.: भारत का डिजिटल परिवर्तन

अगस्त 2023 में पारित डिजिटल पर्सनल डेटा प्रोटेक्शन अधिनियम, डेटा और हमारे नागरिक दोनों के लिए एक नए युग की शुरुआत है। यह कानून व्यक्तियों को सशक्त बनाकर चिंताओं को विश्वास में बदलकर एक ऐसे भविष्य की कल्पना करता है, जहाँ टेक्नोलॉजी एक मास्टर के बजाय एक उपकरण के रूप में काम करती है। यह निजता के मान्यता प्राप्त मौलिक अधिकार को संबोधित करके इसके महत्त्व पर जोर देता है। यह सिर्फ कानून नहीं है; यह एक कैनवास है, जो भारत के डिजिटल डेटा परिदृश्य की फिर से कल्पना करता है। ग्रामीण किसानों द्वारा भूमि रिकॉर्ड को ऑनलाइन पहुँच से लेकर डी.पी.डी.पी.—अनुरूप प्लेटफॉर्मों के माध्यम से देखभाल प्राप्त करने वाले दूर दराज के रोगियों तक सशक्त व्यक्ति 'विकसित भारत' के लिए एक जीवंत भविष्य को आकार दे रहे हैं।

- व्यक्ति सुरक्षित रूप से अपने व्यक्तिगत डेटा तक पहुँचकर सूचित विकल्पों को सक्षम कर सकते हैं और वित्तीय अवसरों को अनलॉक कर सकते हैं।
- यह व्यक्तियों को अपने व्यक्तिगत डेटा की जानकारी, डेटा में सुधार या मिटाने और शिकायत निवारण आदि का अधिकार देता है।
- इस अधिनियम से उपभोक्ता खर्च और कर–संग्रह में वृद्धि के माध्यम से 2025 तक 5 लाख करोड़ रुपए के राजस्व लाभ की उम्मीद है।
- डेटा सुरक्षा, अनुपालन और नैतिक ए.आई. समाधानों का कार्यान्वयन 1 मिलियन नई नौकरियों का सृजन करके एक संपन्न डेटा सुरक्षा इकोसिस्टम को बढ़ावा देता है।
- सुरक्षित डेटा की अवधारणा ने ई–कॉमर्स को बढ़ावा देकर भारत में छोटे व्यवसायों को लाभ पहुँचा है।

□

आत्मनिर्भर उत्थान

खंड-4

आत्मनिर्भर उत्थान

"हमें 'आत्मनिर्भर भारत' के लिए दृढ़ता से प्रयास करना चाहिए। यह हर नागरिक, हर सरकार और समाज की हर इकाई का दायित्व बनता है। 'आत्मनिर्भर भारत' कोई सरकारी एजेंडा या सरकारी कार्यक्रम नहीं है, यह समाज का एक जन आंदोलन है, जिसे हमें 'अमृतकाल' में हासिल करना है।"

—प्रधानमंत्री श्री नरेंद्र मोदी

(76वाँ स्वतंत्रता दिवस, लाल किला, नई दिल्ली—15/08/2022)

तमिलनाडु डिफेंस इंडस्ट्रियल कॉरिडोर
में 2.847 करोड़ रुपये का निवेश हुआ है
उत्तर प्रदेश डिफेंस इंडस्ट्रियल कॉरिडोर
में 2.262 करोड़ का निवेश किया गया है
प्रचंड
अर्जुन
AKASH
AKASH
AKASH
दिसंबर 2023 तक

16. स्वनिर्भर शक्ति : रक्षा उत्पादन में वृद्धि

अमृतकाल के युग में, नए भारत की रक्षा शक्ति का ताना-बाना इनोवेशन के धागों से जटिल रूप से बुना गया है। यह आत्मनिर्भरता की एक मजबूत ढाल तैयार कर रहा है। पिछले 9.5 वर्षों में देश का रक्षा बजट 2014 में 2.03 लाख करोड़ रुपए से बढ़कर 2023 में 5.94 लाख करोड़ रुपए हो गया है। इसके साथ ही भारत का रक्षा निर्यात अब तक के उच्चतम स्तर पर पहुँच गया है। यह वित्त वर्ष 2013-14 में 686 करोड़ रुपए था, जो बढ़कर 2022-23 में लगभग 16,000 करोड़ रुपए हो गया है। यह उल्लेखनीय 23 गुना वृद्धि है। ड्राफ्ट डिफेंस प्रोडक्शन ऐंड एक्सपोर्ट प्रमोशन (डी.पी.ई.पी.पी.) 2020 एक प्रकाश-स्तंभ के रूप में खड़ा है, जो 2025 तक निर्यात में 5 बिलियन अमरीकी डालर प्राप्त करने के महत्त्वाकांक्षी लक्ष्य हासिल करने में मदद करेगा। इसके साथ ही डी.पी.ई.पी. पी.—एयरोस्पेस और नौसेना उद्योगों सहित देश की रक्षा उत्पादन क्षमताओं को बढ़ाने की दिशा में केंद्रित और संरचित प्रयासों को प्रसारित करता है।

- उत्तर प्रदेश डिफेंस इंडस्ट्रियल कॉरिडोर ने 2,242+ करोड़ रुपए, जबकि तमिलनाडु रक्षा औद्योगिक कॉरिडोर ने 2023 तक 3,847+ करोड़ रुपए का निवेश किया है।
- आत्मनिर्भरता को बढ़ाते हुए 2025 तक 5,000 रक्षा घटकों के निर्माण का लक्ष्य, जो वर्तमान में आयातित हैं।
- वित्त वर्ष 2023-24 में रक्षा पूँजी खरीद बजट का रिकॉर्ड 75 प्रतिशत (लगभग एक लाख करोड़ रुपए) घरेलू उद्योग के लिए निर्धारित किया गया था, जो 2022-23 में 68 प्रतिशत से अधिक था।
- अप्रैल 2023 तक 369 रक्षा क्षेत्र की कंपनियों को 606 लाइसेंस जारी किए गए, जिससे औद्योगिक विकास को बढ़ावा मिला है।
- डिफेंस इंडिया स्टार्टअप चैलेंज और आईडेक्स इनोवेशन हब स्टार्टअप के माध्यम से सशस्त्र बलों की चुनौतियों के लिए इनोवेशन को बढ़ावा देते हैं।

पीएलआई स्वीकृत 23 कंपनियां तत्काल कार्य के लिए तैयार हैं। भारत में सेमी कंडक्टर उद्योग के लिए पीएलआई योजना का बजट 76.5 बिलियन रुपये है।

17. तकनीकी बल : भारत सेमीकंडक्टर मिशन

अमृतकाल सिलिकॉन क्षेत्र का मार्गदर्शन करके एक ऐसे भविष्य का निर्माण कर रहा है, जहाँ इनोवेशन पनपता है और टेक्नोलॉजी सशक्त होती है। नए तेल के रूप में मान्यता प्राप्त करके सेमीकंडक्टर भारत के मौजूदा 8 बिलियन डॉलर के आयात को 25 प्रतिशत घटाने के मिशन में सबसे आगे हैं। सिर्फ 15 महीनों के भीतर सेमीकंडक्टर के लिए भारत में 'निवेश क्यों करें' के सवाल से 'निवेश क्यों न करें' पर जोर देने तक का परिवर्तन देश की दृढ़ प्रतिबद्धता को रेखांकित करता है। पिछली चुनौतियों पर काबू पाते हुए भारत 2047 तक एक विकसित राष्ट्र बनने की दिशा में आगे बढ़ रहा है। भारत खुद को एक वैश्विक केंद्र के रूप में स्थापित कर रहा है, जहाँ सेमीकंडक्टर्स अर्थव्यवस्था को आगे बढ़ाने के लिए सुपरकंडक्टर्स में बदल जाएँगे।

- पी.एल.आई. योजना पाँच साल की अवधि में सेमीकंडक्टर उद्योग के विकास के लिए 76.5 अरब रुपए प्रदान करती है।
- माइक्रोन ने भारत के सबसे बड़े सेमीकंडक्टर प्लांट के लिए सरकारी समर्थन से 2.75 अरब डॉलर का निवेश किया; सिमटेक ने जनवरी 2024 तक चिप घटक सुविधा के लिए रु.1,250 करोड़ प्रदान किए हैं।
- 27 पी.एल.आई.-अनुमत कंपनियाँ, 23 नवंबर 2023 तक परिचालन में हैं, जो सेमीकंडक्टर क्षेत्र की प्रगति को आगे बढ़ा रही हैं।
- पी.एल.आई. कंपनियाँ 3000 करोड़ रुपए का निवेश करेंगी, जिससे 3.5 लाख करोड़ का उत्पादन मूल्य जुड़ेगा और 2 लाख नौकरियाँ पैदा होंगी।
- एडवांस्ड माइक्रो डिवाइसिस (AMD) ने 2028 तक 400 मिलियन डॉलर के निवेश के साथ सेमीकंडक्टर टेक्नोलॉजी डिजाइन और विकास पर ध्यान केंद्रित करते हुए भारत का सबसे बड़ा डिजाइन केंद्र बेंगलुरु में स्थापित किया है।

अर्थव्यवस्था
2014
2023
unacademy
lenskart
PhonePe
DREAM11
#स्टार्टअपइंडिया
paytm
OYO
zomato
100+ UNICORNS IN INDIA, MORE TO COME
INDIA COMES 3rd IN THE GLOBAL ECOSYSTEM

18. नवप्रवर्तन से परिवर्तन : स्टार्टअप इंडिया

दूरदर्शी दिमागों द्वारा रचित भारत की स्टार्टअप गाथा, मजबूत प्रशासन के साथ इनोवेशन पर जोर देती है। 2016 में 'स्टार्टअप इंडिया' की शुरुआत ने एक मजबूत स्टार्टअप माहौल को बढ़ावा देने की दिशा में एक महत्त्वपूर्ण कदम उठाया है। इसका लक्ष्य व्यापक रोजगार और सातत्यपूर्ण आर्थिक विकास उत्पन्न करना है। आज यह एक उत्प्रेरक के रूप में काम करके उद्योगों में क्रांति ला रहा है और बाजारों को नया आकार दे रहा है। यह पहल नीति निर्माण, वित्तीय सहायता की पेशकश और बाजार समर्थन की वकालत करने तक फैली हुई है। स्टार्टअप इंडिया-विकसित भारत की गगनचुंबी इमारत को खड़ा करने में एक मूलभूत कदम है, जहाँ इनोवेशन पनपता है और अवसर असीमित है।

- भारत तीसरी सबसे बड़ी स्टार्टाप इको-सिस्टम के रूप में उभरा है, जहाँ 2015 में 450 से बढ़कर 2023 तक 1,15,000 हो गए हैं।
- 50 नियामक सुधार व्यवसाय में आसानी, कैपिटल एक्सेस को बढ़ाते हैं और अनुपालन को कम करते हैं, जिससे 2023 में स्टार्टअप विकास को बढ़ावा मिला है।
- स्टार्टअप इंडिया हब और शोकेस हितधारकों को जोड़ता है, सेक्टर स्पेसिफिक डिस्कवरी को सक्षम बनाता है और सहयोग को बढ़ावा देता है।
- 2021-22 से 2024-25 के लिए एस.आई.एस.एफ.एस. के तहत 945 करोड़ रुपए स्वीकृत; एफ.एफ.एस. के तहत 10,000 करोड़ रुपए का कोष किया गया है।
- स्टार्टअप को निगमन के बाद 3-5 वर्षों के लिए 80 प्रतिशत और 50 प्रतिशत पेटेंट/ट्रेडमार्क फाइलिंग छूट और स्व-प्रमाणन लाभ का आनंद मिलता है।

पहले
बाद में
पीएलआइ

19. पी.एल.आई. लहर : भारत का आर्थिक पुनरुत्थान

परिवर्तनकारी प्रोडक्ट लिंक्ड इनिशिएटिव (पी.एल.आई.) योजनाओं द्वारा संचालित भारत 5 ट्रिलियन डॉलर के माइलस्टोन पर नजर रखते हुए शीर्ष पाँच वैश्विक अर्थव्यवस्थाओं की ओर बढ़ रहा है। 1.97 लाख करोड़ से अधिक के बजट के साथ ये योजनाएँ विनिर्माण कौशल को बढ़ाती हैं। संयंत्र, मशीनरी, अनुसंधान एवं विकास और टेक्नोलॉजी ट्रांसफर में निवेश को प्रोत्साहित करते हुए 2026 तक 60 लाख नई नौकरियाँ पैदा करने का अनुमान है। मेक इन इंडिया के लिए महत्त्वपूर्ण पी.एल.आई. एक वैश्विक विनिर्माण केंद्र के रूप में भारत की प्रतिष्ठा को मजबूत करता है। आर्थिक विकास से परे ये योजनाएँ एक विकसित भारत का मार्ग प्रशस्त करती हैं, जो अमृतकाल की शुरुआत का प्रतीक है और भारत को दुनिया की शीर्ष तीन अर्थव्यवस्थाओं में पहुँचाती है।

- पी.एल.आई. योजना 14 प्रमुख क्षेत्रों को लक्षित करती है। मार्च 2023 तक 3.65 लाख करोड़ रुपए के अपेक्षित निवेश के साथ 733 आवेदनों को मंजूरी दी गई है।
- नवंबर 2023 में 27 कंपनियों ने आईटी हार्डवेयर के लिए पी.एल.आई. के तहत 3000 करोड़ रुपए के निवेश को मंजूरी दी है।
- मार्च 2023 तक 62,500 करोड़ रुपए के निवेश से लाख करोड़ का उत्पादन, 3,25,000 नौकरियाँ और वित्त वर्ष 2022–23 तक 2.56 लाख करोड़ रुपए का निर्यात होगा।
- दूरसंचार क्षेत्र ने 60 प्रतिशत आयात प्रतिस्थापन हासिल किया; भारत एंटीना, जी.पी.ओ.एन. और सी.पी.ई. में आत्मनिर्भरता के करीब है।
- मार्च 2023 तक 62,500 करोड़ रुपए के वास्तविक निवेश से 6.75 लाख करोड़ रुपए की बिक्री हुई, जिससे 3,25,000 नौकरियाँ पैदा हुईं।

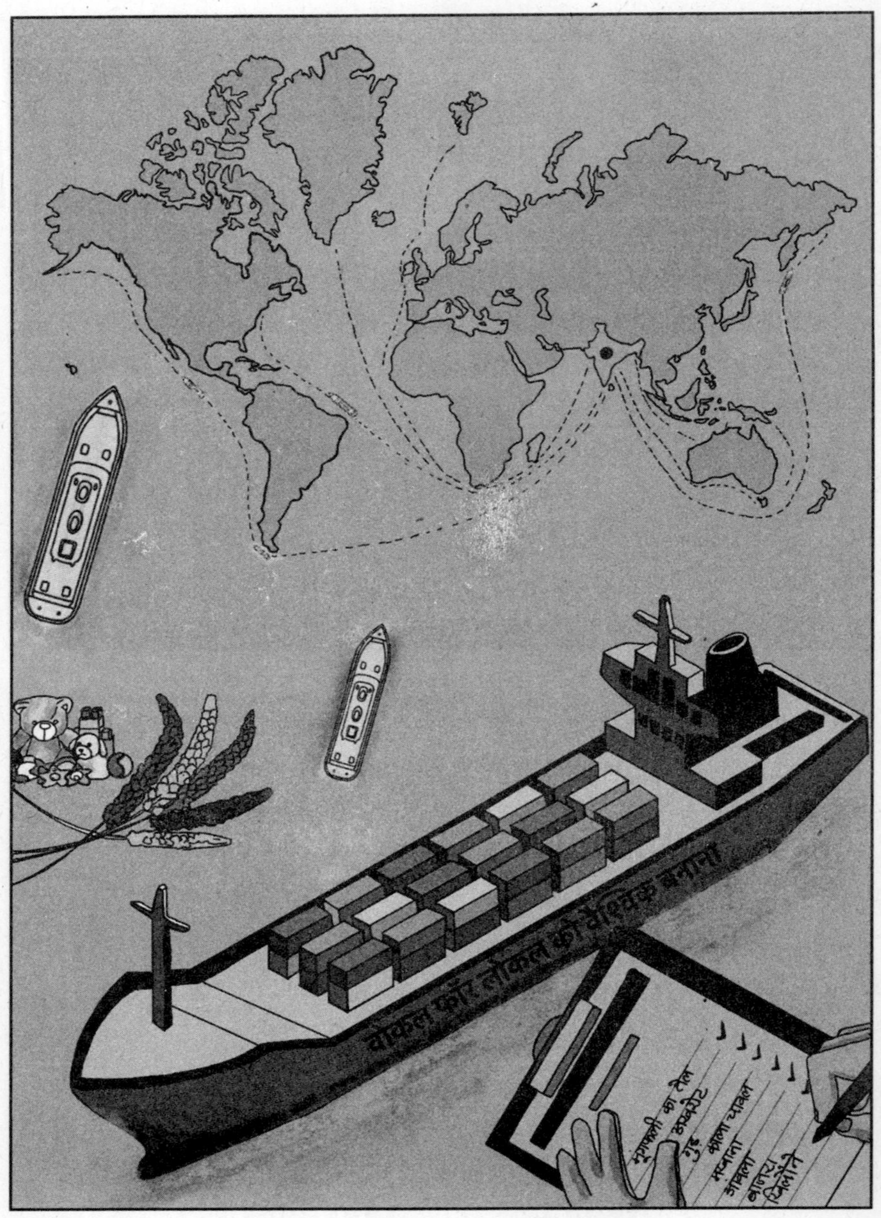
वोकल फॉर लोकल को वैश्विक बनाना
मूंगफली का तेल
डायमेंट
गुड़
काला चावल
मखाना
आंवला
बाजरा
खिलौने

20. लोकल से ग्लोबल : ओ.डी.ओ.पी. क्रांति

माननीय प्रधानमंत्री श्री नरेंद्र मोदी द्वारा दिया गया 'वोकल फॉर लोकल एंड मेकिंग इट ग्लोबल' का मंत्र एक व्यापक आंदोलन में विकसित हुआ है। यह मंत्र स्वदेशी उत्पादों को बढ़ावा देता है और छोटे पैमाने के उद्यम और स्थानीय कारीगरों का उत्थान करता है। एक जिला एक उत्पाद और निर्यात केंद्र के रूप में जिला (ओ.डी.ओ.पी.-डी.ई.एच.) पहल मूल्य श्रृंखला विकास और समर्थन बुनियादी ढाँचे को सरेखित करने के लिए एक ढाँचे के रूप में कार्य करती है। इस दौरान सामान्य सेवाओं और उत्पाद विपणन को शामिल किया जाता है। यह विशेष रूप से बाजरा और फलों से लेकर आचार, पोल्ट्री, हथकरघा और हस्तशिल्प तक खराब होने वाले स्थानीय उत्पादों की पहचान करता है। यह पहल न केवल स्थानीय उत्पाद बाजार को पुनर्जीवित करती है, बल्कि अमृतकाल के युग में इन क्षेत्रों से जुड़े व्यक्तियों को भी सशक्त बनाती है, जिससे आत्मनिर्भर जिले बनते हैं।

- इसका उद्देश्य स्थानीय उत्पादों की पहचान करके प्रत्येक जिले को विनिर्माण और निर्यात केंद्र में बदलना है।
- 36 राज्यों और केंद्रशासित प्रदेशों में गठित जिला निर्यात संवर्धन समिति ने 765 जिलों में उत्पादों की पहचान की है।
- भारतीय खिलौना उद्योग में वित्त वर्ष 2014-15 की तुलना में वित्त वर्ष 2022-23 में आयात में 52 प्रतिशत की गिरावट और निर्यात में 239 प्रतिशत की वृद्धि देखी गई है।
- विदेश व्यापार महानिदेशक और अमेजॅन ने नवंबर 2023 में एम.ओ.यू. के अनुसार संभावित ई-कॉमर्स निर्यातकों को सँभालने के लिए क्षमता निर्माण के लिए 75 जिलों की पहचान की है।
- 2023 तक जूट के निर्यात के लिए कुल 26 जिलों को शॉर्टलिस्ट किया गया है।

□

अमृत पीढ़ी

खंड-5

अमृत पीढ़ी

"नए भारत में विकास युवाओं के लिए नए अवसरों का मार्ग प्रशस्त कर रहा है और युवा देश के विकास को नई उड़ान दे रहे हैं।"

—प्रधानमंत्री श्री नरेंद्र मोदी

(508 अमृत भारत स्टेशनों का शिलान्यास—06/08/2023)

PMKVY
कौशल वृद्धि: 2023 तक ढाई करोड़ प्रशिक्षित / प्रमाणित, हर वर्ष 35 लाख कुशल कामगार का प्रवेश
डिजिटल कौशल: 2020 से 400% बढ़कर 2023 में एक करोड़ व्यक्तियों का मूल्यांकीत
ग्रामीण पहुंच: प्रधानमंत्री कौशल केंद्रो से 738 जिलों में 80 लाख से अधिक ग्रामीण नागरिक(2014 से पहले केवल 5 लाख)
उद्यमशीलता:8,00,000 से अधिक प्रशिक्षित उद्यमी जिससे 5 लाख से अधिक कुटीर और लघु उद्योग की शुरुआत हुई।
प्रधानमंत्री कौशल विकास योजना में 1.24 करोड़ से अधिक मूल्यांकित उम्मीदवार
Anshul Gupta

21. कौशल भारत : रोजगार क्षमता में सशक्तीकरण

2015 में लॉञ्च किया गया, स्किल इंडिया मिशन अपने कार्यबल की स्किल को बढ़ाने के लिए भारत की प्रतिबद्धता को रेखांकित करता है। स्किल विकास और उद्यमिता मंत्रालय बाजार-प्रासंगिक स्किल प्रदान करने पर ध्यान केंद्रित करते हुए, प्रतिभा और उद्योग की जरूरतों के बीच अंतर को समाधान की पहल करता है। एन.एस.डी.सी. पर 2750 से अधिक परिचालन मानक पाठ्यक्रमों के साथ संकल्प और प्रधानमंत्री स्किल विकास योजना, जन शिक्षण संस्थान और राष्ट्रीय प्रशिक्षुता संवर्धन योजना जैसी योजनाएँ उद्यमिता को बढ़ावा देने, स्किल, रिस्किल और अप-स्किल प्रशिक्षण में योगदान करती हैं। इस रणनीतिक दृष्टिकोण का उद्देश्य उद्योग की आवश्यकताओं के साथ कार्यबल की क्षमताओं को संरेखित करके समग्र राष्ट्रीय प्रतिस्पर्धात्मकता को बढ़ावा देना है।

- 2023 तक प्रशिक्षण 30 लाख से बढ़कर 2.5 करोड़ से अधिक हो गया, जिससे वार्षिक स्किल्ड श्रमिकों की संख्या 35 लाख और रोजगार क्षमता 20 प्रतिशत तक बढ़ गई।
- 738 जिलों में पी.एम.के.के. 80 लाख से अधिक ग्रामीण निवासियों को सशक्त बनाते हैं, जिससे 2023 में 15 लाख नए ग्रामीण रोजगार पैदा हुए।
- 2023 में, 1.24 करोड़ से अधिक उम्मीदवारों ने प्रधानमंत्री स्किल विकास योजना का लाभ उठाया।
- 8 लाख से अधिक लोगों को उद्यमिता में प्रशिक्षित करके सालाना 5 लाख छोटे उद्यम स्थापित किए, जो 2014 से पहले के स्तर से ऊपर थे।
- 60 प्रतिशत कार्यक्रम उद्योग के साथ सह-डिजाइन किए गए हैं, जिससे स्किल्ड व्यक्तियों के लिए रोजगार में 35 प्रतिशत की वृद्धि और स्किल विसंगति में 20 प्रतिशत की कमी हुई।

रोजगार
मेला
10 रोजगार मेलों में
6.5 लाख नौकरी नियुक्ति
पत्र

22. रोजगार मेला : रोजगार के अवसरों को उछाल

रोजगार मेले जैसी पहल भारत के रोजगार परिदृश्य में एक महत्त्वपूर्ण परिवर्तन को बढ़ावा दे रही है। 2022 में शुरू किए गए ये रोजगार मेले रोजगार सृजन के लिए उत्प्रेरक के रूप में कार्य करते हैं, जो स्किल्ड व्यक्तियों को 10–12 उच्च-विकास आर्थिक क्षेत्रों के 40–50 नियोक्ताओं के साथ विभिन्न अवसरों से जोड़ते हैं। रोजगार मेला नियोक्ताओं और नौकरी चाहने वालों के बीच बातचीत को सुव्यवस्थित करता है, जिससे रोजगार प्रक्रिया में तेजी आती है। इसके साथ-साथ, ई-श्रम पोर्टल और 'रोजगार योजना' जैसे उपकरण कुशल भारत के विकास के लिए 'अमृत पीढी' पीढ़ी को सशक्त बनाने में महत्त्वपूर्ण भूमिका निभाते हैं।

- अक्तूबर 2023 तक रोजगार आवश्यकताओं को प्रभावी ढंग से संबोधित करते हुए 10 संस्करणों में 6.5 लाख युवाओं की भरती की गई।
- आई.जी.ओ.टी. कर्मयोगी पोर्टल के माध्यम से प्रशिक्षित भरतियों को लचीली शिक्षा के लिए 400 से अधिक ई-लर्निंग पाठ्यक्रमों प्रदान किए।
- दिसंबर 2023 तक नेशनल कॅरियर सर्विस पोर्टल पर 1.92 करोड़ रिक्तियाँ दर्ज की गईं, जिससे रोजगार की संभावनाएँ भी बढ़ीं।
- ग्रामीण जिलों में लक्षित रोजगार मेलों में ग्रामीण कार्यबल के लिए 30 प्रतिशत रिक्तियाँ आवंटित की गई, जिससे समावेशी विकास को बढ़ावा मिला।
- आत्मनिर्भरता को बढ़ावा देते हुए आत्मनिर्भर भारत रोजगार योजना के माध्यम से 60.48 लाख लाभार्थियों को 10,043.02 करोड़ रुपए वितरित किए।

2,841 रामतविरों को परखा गया
900+ खेलो इंडिया केंद्र
खेलो इंडिया
Anshul Gupta

23. खेलो इंडिया : वैश्विक खेल प्रभुता को आकार देना

परिवर्तनकारी 'खेलो इंडिया' पहल से प्रेरित होकर भारत का खेल भविष्य आशापूर्ण सपनों में न होकर विजयी निश्चितता के साथ गूँजता है। 2017 में लॉन्च किया गया, खेलो इंडिया जमीनी स्तर की प्रतिभा का पोषण करते हुए ओलंपिक चैंपियंस को आकार देकर भारत की ग्लोबल स्पोर्टिंग कथा को फिर से लिख रहा है। 2017 के बाद से ओलंपिक पदकों में 25 प्रतिशत की वृद्धि, 2023 में एशियाई और पैरा-एशियाई खेलों में 100 से अधिक पदक खेलो इंडिया पहल का परिणाम हैं। टारगेट ओलंपिक पोडियम योजना—TOPS में 2023 तक 285 एथलीट थे, जो विश्व स्तरीय प्रशिक्षण और वित्तीय सहायता पर केंद्रित है। यह 'विकसित भारत' के लिए खेल इकोसिस्टम को बढ़ाकर टेक्नोलॉजी से युवा एथलीट्स को वैज्ञानिक प्रशिक्षण देते हुए जमीनी स्तर पर खेल के बुनियादी ढाँचे को आधुनिक बनाने पर ध्यान केंद्रित करता है।

- दिसंबर 2023 तक खेलो इंडिया के तहत 21 खेल अनुशासन के 2841 एथलीट्स की पहचान की गई।
- 1,000 से अधिक अकादमियाँ (2017 से 10 गुना) ग्रामीण प्रतिभाओं को सशक्त बनाकर भारोत्तोलन और कबड्डी जैसे खेलों को बढ़ाती हैं।
- 900 से अधिक खेलो इंडिया केंद्र 600 से अधिक जिलों को कवर करते हैं और 13,000 से अधिक एथलीट्स को प्रशिक्षण देते हैं।
- 2,000 से अधिक एथलीट्स को वार्षिक छात्रवृत्ति मिलती है, मीराबाई चानू जैसे चैंपियन के साथ-साथ 23,000 से अधिक एथलीट्स और 237 अकादमियों को दिसंबर 2023 तक सहायता मिलती है।
- पहले खेलो इंडिया पैरागेम्स का आयोजन दिसंबर 2023 में नई दिल्ली में किया गया था, जिसमें 32 राज्यों के 1400 खिलाड़ियों ने भाग लिया था।

मुद्रा लोन
44+ करोड़ मुद्रा लोन दी गई
Anshul Gupta

24. माइक्रो फाइनेंस, दीर्घकालीन प्रभाव : मुद्रा योजना

अप्रैल 2015 में शुरू की गई परिवर्तनकारी मुद्रा योजना ने भारत के सूक्ष्म-उद्यम क्षेत्र को प्रज्वलित किया है, जो गैर-कॉर्पोरेट, गैर-कृषि लघु और सूक्ष्म उद्यमों को 10 लाख रुपए तक के ऋण की पेशकश करता है। एम.एफ. आई., एन.बी.एफ.सी., छोटे वित्त बैंकों जैसी अन्य विभिन्न वित्तीय संस्थाओं को शामिल करते हुए, मुद्रा कम ब्याज वाले व्यक्तिगत ऋण की सुविधा प्रदान करती है, जो बड़े पैमाने पर जमीनी स्तर पर रोजगार पैदा करने में सहायक साबित होती है। 'विकसित भारत' के लिए गेम-चेंजर, मुद्रा ने अपनी स्थापना के बाद से रोजगार सृजन और आर्थिक विकास में महत्त्वपूर्ण योगदान दिया है।

- दिसंबर 2023 तक इसकी स्थापना के बाद से 27.5 से अधिक लाख करोड़ रुपए मूल्य के 44.46 करोड़ से अधिक ऋण स्वीकृत किए गए।
- 30.64 करोड़ यानी कुल लाभार्थियों में से 69 प्रतिशत महिला उद्यमी हैं।
- 2023 तक कुल स्वीकृत ऋणों में से 51 प्रतिशत ऋण एस.सी./एस.टी. और ओ.बी.सी. श्रेणियों के उद्यमियों के हैं।
- ऋणों को शिशु (रु. 50,000 तक), किशोर (रु. 50,000 से रु. 5 लाख से ऊपर), और तरुण (5 लाख से 10 लाख रुपए से ऊपर) के रूप में वर्गीकृत किया गया है।
- उद्यमियों को पी.एम.एम.वाई. के माध्यम से कौशल प्रशिक्षण प्राप्त होता है, जिससे सालाना लाखों नई नौकरियाँ मिलती हैं और सतत विकास को बढ़ावा मिलता है।

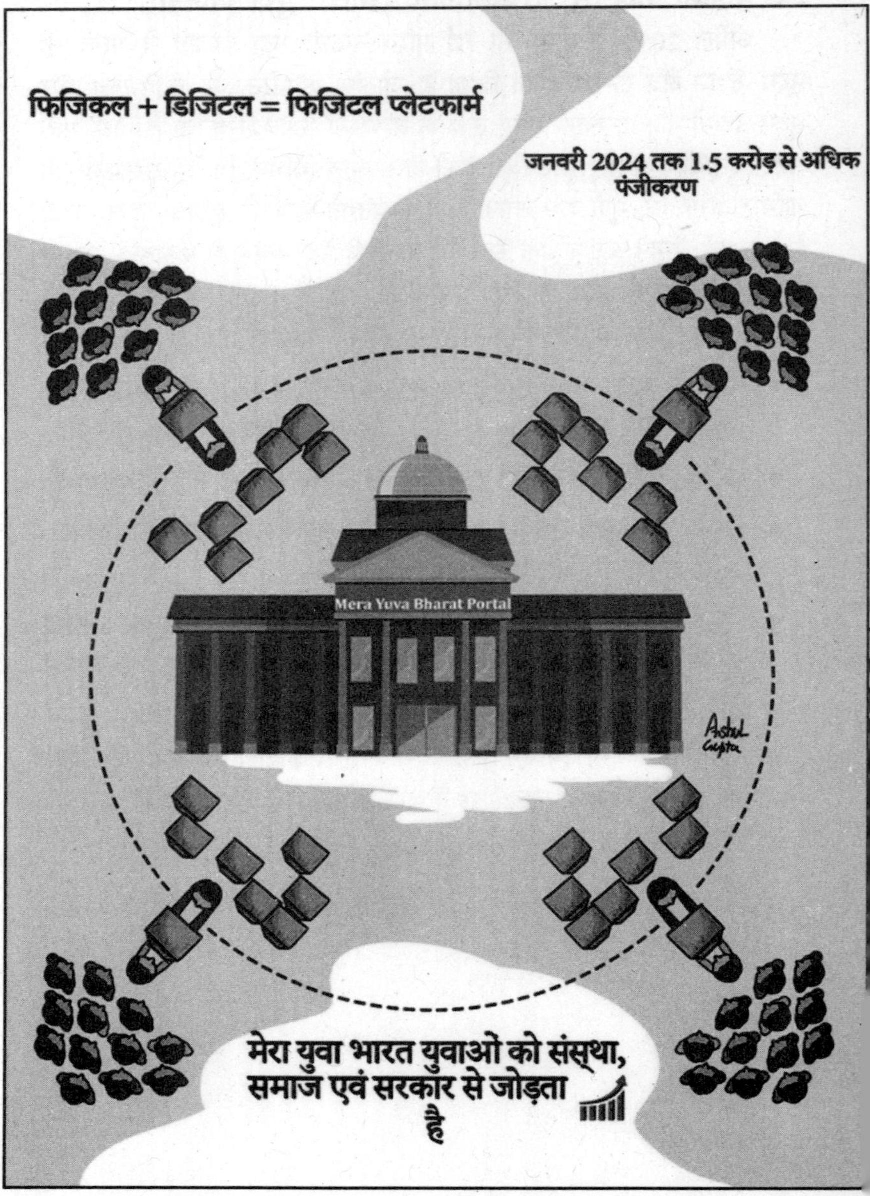

फिजिकल + डिजिटल = फिजिटल प्लेटफार्म

जनवरी 2024 तक 1.5 करोड़ से अधिक पंजीकरण

Mera Yuva Bharat Portal

मेरा युवा भारत युवाओं को संस्था, समाज एवं सरकार से जोड़ता है

25. सपनों को जोड़ता : 'मेरा युवा भारत'

'मेरा युवा भारत' 31 अक्तूबर, 2023 को लॉन्च किया गया एक परिवर्तनकारी, प्रौद्योगिकी-संचालित प्लेटफॉर्म है, जो युवाओं को सकारात्मक सामाजिक परिवर्तन के लिए एक शक्तिशाली शक्ति के रूप में देखता है। इस पहल का उद्‌देश्य युवाओं के लिए अवसरों को एकीकृत करके सशक्त बनाना, विकास और युवा-नेतृत्व वाली पहल को बढ़ावा देना है। समान अवसर प्रदान करने के लक्ष्य के साथ, 'मेरा युवा भारत' युवाओं को उनकी आकांक्षाओं को साकार करने और एक विकसित भारत ('विकसित भारत') के निर्माण में योगदान देने में सक्षम बनाता है। यह प्लेटफॉर्म युवाओं, निजी उद्योग-संस्थाओं एवं गैर-सरकारी संगठनों के बीच सहज संबंध स्थापित करने की सुविधा प्रदान करके युवाओं में विकास के अवसर का निर्माण करता है और समाधानों से रचनात्मक योगदान देकर सशक्त बनाता है।

- इस फिजिकल + डिजिटल = फिजिकल प्लेटफॉर्म का लक्ष्य युवाओं के लिए अनेक विकासलक्षी अवसर एक मंच पर उपलब्ध करवाएगा।
- जनवरी 2024 तक 1.5 करोड़ से अधिक युवाओं ने पोर्टल पर पंजीकरण कराया है और 'विकसित भारत' की यात्रा में शामिल हुए हैं।
- 'मेरा भारत' युवाओं को सरकार, समुदायों और व्यवसायों से जोड़ता है।
- मौजूदा कार्यक्रमों के अभिसरण के माध्यम से दक्षता बढ़ाते हुए युवा आकांक्षाओं और समुदाय की जरूरतों के बीच संरेखण में सुधार करना।
- यह विभिन्न इंटर्नशिप—फेलोशिप के माध्यम से अनुभव करने, सीखने के अवसर भी प्रदान करता है।

□

आर्थिक उन्नति

विश्व की तीसरी सबसे बड़ी अर्थव्यवस्था बनने की ऑर

खंड-6

आर्थिक उन्नति

“भारत दुनिया की तीसरी सबसे बड़ी अर्थव्यवस्था बन जाएगा, और 2047 तक यह एक विकसित देश बन जाएगा, भारत की आर्थिक वृद्धि पूरी दुनिया की प्रगति से जुड़ी हुई है।”

—प्रधानमंत्री श्री नरेंद्र मोदी

(IAADB उद्घाटन, लाल किला—09/12/2023)

2014 में $2
ट्रिलियन।
2023 में $4
ट्रिलियन।
2025 में $5
ट्रिलियन पार
2015 से 2023 तक
कॉर्पोरेट ऋण जीडीपी का
12% कम हो गया।
एफडीआई 57 गुना बढ़ गया,
2014 में $45.15 बिलियन से
बढ़कर 2022-23 में $71
बिलियन हो गया
18 देशों ने अमेरिकी
डॉलर की जगह व्यापार के
लिए भारतीय रुपये को
अपनाया
2014 के बाद से भारत की प्रति व्यक्ति आय दोगुनी होकर ₹1.97 लाख हो गई है।

26. अमृतकाल : भारतीय अर्थव्यवस्था की यात्रा

भारत की आर्थिक यात्रा उल्लेखनीय है : 1 ट्रिलियन डॉलर की अर्थव्यवस्था तक पहुँचने में लगभग छह दशक लग गए, 2014 में 2 ट्रिलियन डॉलर तक पहुँचने में एक दशक से अधिक का समय लगा, और अब एक दशक से भी कम समय में यह 4 ट्रिलियन डॉलर की अर्थव्यवस्था तक पहुँच गया है। 2025 तक 5 ट्रिलियन डॉलर का महत्त्वाकांक्षी लक्ष्य निर्धारित किया गया है, जिससे भारत को दस साल से भी कम समय में वैश्विक स्तर पर दसवीं से पाँचवीं सबसे बड़ी अर्थव्यवस्था बना। भारत को 2013 में मॉर्गन स्टेनली द्वारा 'फ्रैजाइल फाइव' का हिस्सा कहा गया था। 2023 में उसी संस्था द्वारा भारत को 'सबसे तेजी से बढ़ती अर्थव्यवस्था' घोषित किया गया। यह तीव्र प्रगति, अमृतकाल को परिभाषित करने वाले परिवर्तनकारी दशक के दौरान एक प्रतिबद्ध और दूरदर्शी शासन दृष्टिकोण को दरशाती है।

- 2015 से 2023 तक कॉर्पोरेट ऋण सकल घरेलू उत्पाद का 12 प्रतिशत कम हो गया।
- एफ.डी.आई. 57 गुना बढ़ा, जो 2014 में 45.15 बिलियन डॉलर से बढ़कर 2022–23 में 71 बिलियन डॉलर हो गया है।
- 18 देशों ने अमेरिकी डॉलर की जगह व्यापार के लिए भारतीय रुपए को अपनाया।
- वैश्विक चुनौतियों के बावजूद भारत की जी.डी.पी. वित्त वर्ष 2023 की दूसरी तिमाही में 7 से ऊपर पहुँच गई, जो आर्थिक ताकत का प्रदर्शन है।
- 2023 में भारत की प्रति व्यक्ति आय 2014 के मुकाबले दोगुनी होकर 1.97 लाख रुपए हो गई है।

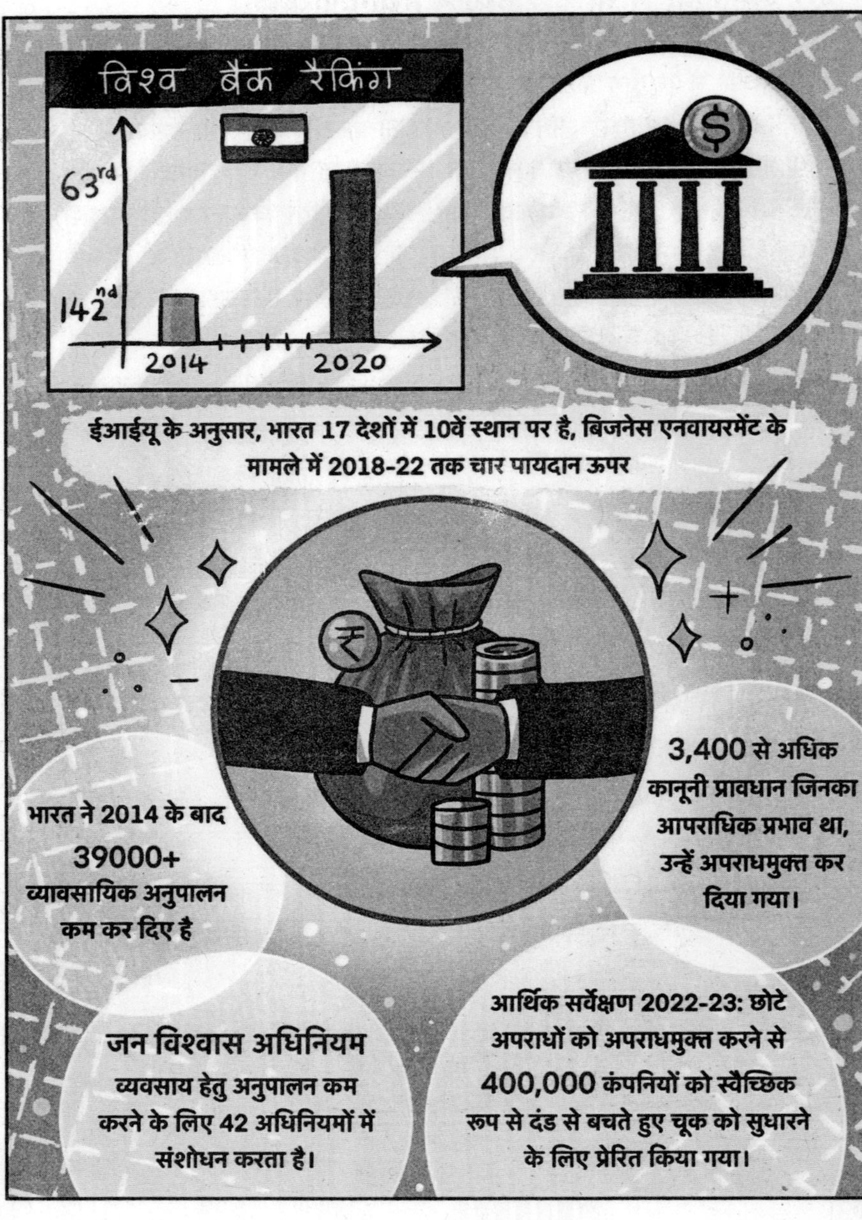

विश्व बैंक रैंकिंग
63rd
142nd
2014
2020
$
ईआईयू के अनुसार, भारत 17 देशों में 10वें स्थान पर है, बिजनेस एनवायरमेंट के मामले में 2018-22 तक चार पायदान ऊपर
₹
भारत ने 2014 के बाद 39000+ व्यावसायिक अनुपालन कम कर दिए है
3,400 से अधिक कानूनी प्रावधान जिनका आपराधिक प्रभाव था, उन्हें अपराधमुक्त कर दिया गया।
जन विश्वास अधिनियम
व्यवसाय हेतु अनुपालन कम करने के लिए 42 अधिनियमों में संशोधन करता है।
आर्थिक सर्वेक्षण 2022-23: छोटे अपराधों को अपराधमुक्त करने से 400,000 कंपनियों को स्वैच्छिक रूप से दंड से बचते हुए चूक को सुधारने के लिए प्रेरित किया गया।

27. उद्योग की आसानी : भारत में उद्योग परिवर्तन

2014 से पहले 'व्यापार करने में आसानी' (Ease of Doing Business) की व्याख्या भारत में अपरिचित थी। 2014 में 142वें से बढ़कर 2020 विश्व बैंक रैंकिंग में 63वें स्थान पर पहुँचना दूरदर्शी शासन का परिणाम था। भारत ने जी.एस.टी., डिजिटल सुधारों और सुव्यवस्थित नियमों के माध्यम से अपने व्यापारिक माहौल को उल्लेखनीय रूप से बढ़ाया है। नौकरशाही-बाधाओं को कम करने के सरकार के प्रयास व्यवसाय-अनुकूल वातावरण बनाते हैं, जिसने घरेलू और वैश्विक दोनों स्त्रोतों से निवेश आकर्षित किए हैं।। इस दृष्टिकोण ने 2014 में 'विकसित भारत' की नींव रखी है।

- भारत ने 2014 के बाद से 39000+ व्यावसायिक अनुपालन कम कर दिए हैं।
- ई.आई.यू. के अनुसार, कारोबारी माहौल में भारत 2018-22 से चार पायदान ऊपर 17 देशों में 10वें स्थान पर है।
- 3,400 से अधिक कानूनी प्रावधान, जिनके आपराधिक निहितार्थ थे, उनको अपराध-मुक्त कर दिया गया है।
- आर्थिक सर्वेक्षण 2022-23 : छोटे अपराधों को अपराधमुक्त करने से 400,000 कंपनियों ने स्वेच्छा से दंड से बचते हुए डिफॉल्ट को सुधारा।
- जन विश्वास अधिनियम व्यवसायों के लिए अनुपालन को कम करने के लिए 42 अधिनियमों में संशोधन किया गया।

रूस और संयुक्त अरब अमीरात सहित 18 देशों ने रुपयों में व्यापार को अपनाया, जुलाई 2023 तक 11अरब डॉलर का निकास किया, डॉलर की अस्थिरता को कम किया और निर्यातकों को 5-10% की बचत की।

डॉलर बिचौलियों को हटाकर, इंफ्रास्ट्रक्चर और सामाजिक कार्यक्रमों की ओर धन का उपग्योग करके भारत ने सालाना 3 अरब अमरीकी डॉलर बचाए, जिससे जीडीपी की वृद्धि 0.5% हुई।

मुक्त व्यापार समझौतों के अंतर्गत यूएई और ऑस्ट्रेलिया ने एक साल के भीतर रुपये में $5 अरब का व्यापार किया, जो 2025 तक $15 अरब तक पहुंचने की आकांक्षा है।

रिक्स प्लेटफ़ॉर्म 2022 में लॉन्च किया गया जिससे $200 अरब लेनदेन की प्रक्रिया की गई, जिसका लक्ष्य 2033 तक वैश्विक डॉलर निर्भरता को 5% तक कम करना है।

28. रुपए की क्रांति : व्यापार में स्वतंत्रता की उड़ान

दशकों तक वैश्विक व्यापार मंच ग्रीनबैक के सामने झुका रहा था। अब नया भारत अपनी रुपया व्यापार क्रांति के साथ पटकथा को फिर से लिख रहा है। एक कदम न केवल चलान के बारे में, बल्कि आर्थिक स्वतंत्रता और डी-डॉलरीकरण के बढ़ते चरम के बारे में भी। यही कारण है कि भारत का रुपया 'अमृतकाल' में 'विकसित भारत' के लक्ष्य के साथ दुनिया पर अपना प्रभाव छोड़ रहा है।

- रूस और संयुक्त अरब अमीरात सहित 18 देशों ने भारत के रुपए में व्यापार को अपनाया, जुलाई 2023 तक 11 बिलियन डॉलर का निपटान किया, डॉलर की अस्थिरता को कम करके निर्यातकों को 5 से 10 प्रतिशत की बचत करवाई।
- रुपए के निपटान से 2025 तक अनुमानित 70 बिलियन डॉलर के निर्यात में वृद्धि होगी, राजस्व में 15 प्रतिशत की वृद्धि होगी और भारत की वैश्विक व्यापार स्थिति मजबूत होगी।
- भारत डॉलर के मध्यस्थों से बचकर बुनियादी ढाँचे और सामाजिक कार्यक्रमों के लिए धन का निर्देशन करके, सकल घरेलू उत्पाद की वृद्धि को 0.5 प्रतिशत बढ़ाकर सालाना 3 अरब डॉलर बचाता है।
- संयुक्त अरब अमीरात और ऑस्ट्रेलिया के साथ मुक्त व्यापार समझौतों से एक वर्ष के भीतर रुपए का व्यापार 5 बिलियन डॉलर हो गया, जो 2025 तक 15 बिलियन डॉलर तक पहुँचने के लिए निर्धारित है।
- 2022 में लॉन्च किए गए ब्रिक्स प्लेटफॉर्म ने 200 बिलियन डॉलर से अधिक लेनदेन को संसाधित किया, जिसका लक्ष्य 2033 तक वैश्विक डॉलर निर्भरता को 5 प्रतिशत कम करना है।

2025 तक आईटी टेलीकॉम क्षेत्र में 32% कैपेक्स की वृद्धि डिजिटल विभाजन को कम करती है, 3 मिलियन तकनीकी नौकरियां पैदा कर रही है, और डिजिटल में $5 बिलियन आकर्षित कर रही है

2030 तक तीन गुना अक्षय ऊर्जा निवेश व्यय से 600,000 हरित प्रौद्योगिकी नौकरियाँ प्राप्त होंगी

2023 में हाइड्रोजन ईंधन निवेश व्यय दोगुना होने से, जिससे 2030 तक उभरती स्वच्छ ऊर्जा प्रौद्योगिकी में 250,000 नौकरियाँ पैदा होंगी।

2025 तक 40% निवेश व्यय वृद्धि से 1.2 मिलियन निर्माण नौकरियां पैदा होंगी, लॉजिस्टिक्स को बढ़ावा मिलेगा और जीडीपी में $50 , अरब का इजाफा होगा।

55% कैपेक्स बढ़ने से $100 अरब एफडीआई को आकर्षित करती है, निर्यात को 20% तक बढ़ाया, और 2027 तक 5.3 मिलियन विनिर्माण नौकरियां पैदा करेगी।

29. वित्तीय विकास : भारत का उत्कृष्ट दशक

भारत के पूँजीगत व्यय (कैपेक्स) ने पिछले दशक में पटकथा को फिर से लिखा है, 2014 और 2023 के बीच उल्लेखनीय 250 प्रतिशत की वृद्धि हुई है—जो पिछले 10 वर्षों की वृद्धि से 5 गुना अधिक है। यह निरंतर निवेश अकेले 2023 में रिकॉर्ड-तोड़ 7.36 लाख करोड़ रुपए के कैपेक्स में परिणत हुआ, जो साल-दर-साल 28 प्रतिशत की वृद्धि है। लेकिन यह केवल संख्याओं के बारे में नहीं है; यह उच्च प्रभाव वाले क्षेत्रों में रोजगार के अवसर को बढ़ावा देने के बारे में है। चलिए भारत में नौकरियों को बढ़ाने वाले पाँच पूँजीगत व्यय क्षेत्रों के बारे में जानते है :

- 2025 तक 40 प्रतिशत कैपेक्स वृद्धि से 1.2 मिलियन निर्माण नौकरियाँ पैदा होंगी, लॉजिस्टिक्स को बढ़ावा मिलेगा और सकल घरेलू उत्पाद में 50 बिलियन डॉलर जुड़ेंगे।
- 55 प्रतिशत कैपेक्स वृद्धि 100 बिलियन डॉलर एफ.डी.आई. को आकर्षित करती है, निर्यात को 20 प्रतिशत तक बढ़ाती है और 2027 तक 5.3 मिलियन विनिर्माण नौकरियाँ पैदा करेगी।
- 2030 तक अक्षय ऊर्जा कैपेक्स तीन गुना करने से 6,00,000 ग्रीन टेक नौकरियाँ पैदा होंगी, कार्बन उत्सर्जन में 10 प्रतिशत की कटौती होगी और 20 मिलियन घरों को बिजली मिलेगी।
- 2025 तक आईटी और टेलीकॉम में 32 प्रतिशत कैपेक्स वृद्धि डिजिटल विभाजन को कम करती है, 3 मिलियन तकनीकी नौकरियाँ पैदा करती है और डिजिटल निवेश में 5 बिलियन डॉलर आकर्षित करती है (मैकिंसे)।
- हाइड्रोजन ईंधन सेल कैपेक्स 2023 में दोगुना हो जाएगा, जिससे 2030 तक उभरती स्वच्छ ऊर्जा तकनीक में 2,50,000 नौकरियाँ पैदा होंगी।

देश में 11 औद्योगिक क्षेत्र परियोजनाएं विकसित की गई हैं।

30. 'मेक इन इंडिया': सपनों से हकीकत

25 सितंबर, 2014 को 'मेक इन इंडिया' पहल का आगाज हुआ था। इसका उद्देश्य निवेश और इनोवेशन को बढ़ावा देना, बुनियादी ढाँचे को बढ़ाना और भारत को विनिर्माण, डिजाइन और इनोवेशन हब के रूप में स्थापित करना है। विशेष रूप से एफ.डी.आई. में महत्त्वपूर्ण सुधारों ने इस दृष्टिकोण को साकार करने में योगदान दिया है। आज नीतिगत बदलावों, उन्नत बुनियादी ढाँचे और नवाचार में वृद्धि के समर्थन से भारत ने 'अमृतकाल' की शुरुआत के साथ आजादी के 75वें वर्ष में अपने कुल निर्यात के साथ अभूतपूर्व 750 बिलियन डॉलर को पार कर एक ऐतिहासिक मील का पत्थर प्राप्त किया है।

- मेक इन इंडिया ने पिछले 8 वर्षों की तुलना में 2014–2022 तक विनिर्माण क्षेत्र में एफ.डी.आई. इक्विटी में 57 प्रतिशत की वृद्धि को प्रेरित किया है।
- इलेक्ट्रॉनिक सामान का निर्यात 2013–14 में 6.6 बिलियन डॉलर से 2.5 गुना बढ़कर 2022–23 में 23.7 बिलियन डॉलर हो गया, अप्रैल से नवंबर 2023 तक 17.7 बिलियन डॉलर दर्ज किए गए है।
- नेशनल इंडस्ट्रियल कॉरिडोर प्रोग्राम देशभर में चरणों में 11 औद्योगिक कॉरिडोर प्रोजेक्ट्स का विकास कर रहा है।
- ड्रग्स और फार्मा निर्यात 2013–14 में 90,415 करोड़ रुपए से बढ़कर 2022–23 में 37,852 करोड़ रुपए हो गया।
- नवंबर 2023 तक भारत में उपयोग किए जाने वाले 99 प्रतिशत मोबाइल फोन घरेलू स्तर पर निर्मित होते हैं, जो एक दशक पहले की तुलना में एक महत्त्वपूर्ण बदलाव है, जब 98 प्रतिशत फोन आयात किए जाते थे।

□

निर्णायक छलांग
नॉटबंधी
यूपिआई
जीएसटी
डिबिटी
विकसित भारत@100

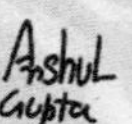
Anshul
Gupta

खंड-7

निर्णायक छलाँग

"अमृतकाल का भारत एक फाइटर पायलट की तरह आगे बढ़ रहा है। ऐसा देश जिसे ऊँचाइयाँ छूने से कम नहीं लगता, जो सबसे ऊँची उड़ान भरने के लिए उत्साहित है। आज का भारत तेज सोचता है, दूर की सोचता है और तुरंत फैसले लेता है।"

—प्रधानमंत्री श्री नरेंद्र मोदी

(एयरो इंडिया 2023, बेंगलुरु—12/02/2023)

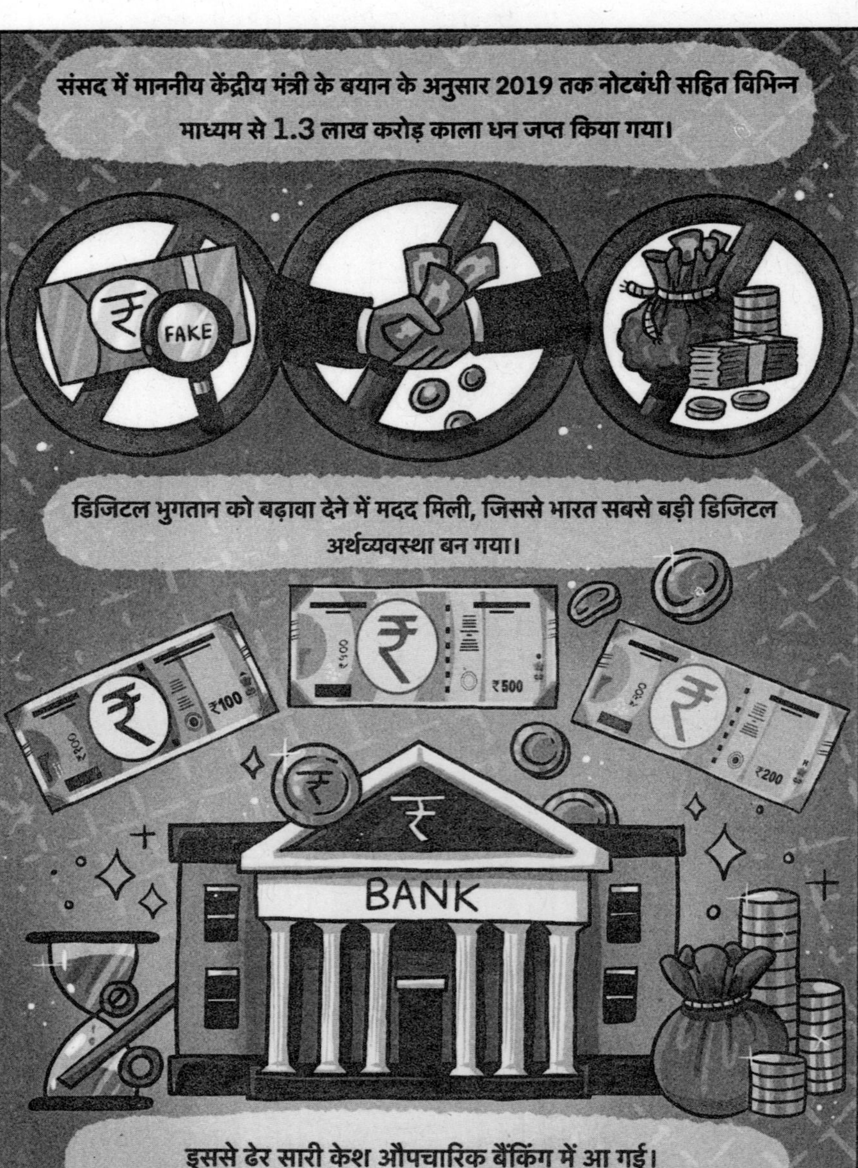
संसद में माननीय केंद्रीय मंत्री के बयान के अनुसार 2019 तक नोटबंधी सहित विभिन्न माध्यम से 1.3 लाख करोड़ काला धन जप्त किया गया।
FAKE
डिजिटल भुगतान को बढ़ावा देने में मदद मिली, जिससे भारत सबसे बड़ी डिजिटल अर्थव्यवस्था बन गया।
₹100
₹500
₹200
BANK
इससे ढेर सारी केश औपचारिक बैंकिंग में आ गई।

31. भारत का आर्थिक बदलाव : नोटबंदी का प्रभाव

8 नवंबर, 2016 के ऐतिहासिक दिन समग्र देश में एक साहसिक आर्थिक निर्णय गूँज उठा—तत्काल प्रभाव से 500 और 1000 के चलन नोटों का विमुद्रीकरण (डिमॉनीटाइजेशन) किया गया था। उल्लेखनीय है देश के चलन नोटो में से 86 प्रतिशत नोट 500 और 1000 के थे। शुरुआती कठिनाइयों के बाद इस साहसी निर्णय से उत्कृष्ट परिणाम प्राप्त हुआ। अटल नेतृत्व द्वारा निर्देशित, इस नोटबंदी का निर्णय सूझबूझ भरा था, जिससे देश के सभी वर्गों के और भूभागों के लोगों को न्यूनतम कठिनाइयों का सामना करना पड़ा, नोटबंदी ने काले धन की नींव को हिलाकर रख दिया, और देश की आर्थिक स्थिति पर एक अमिट छाप छोड़ी। इसके बाद प्रत्यक्ष-अप्रत्यक्ष लाभों की शृंखला देखी गई, जिसने देश को आर्थिक और सुरक्षित क्षेत्र में मजबूती प्रदान कर आर्थिक महासत्ता बनने की दिशा में अग्रसर किया।

- 2019 के संसद् सत्र में केंद्रीय मंत्री के बयान के अनुसार, नोटबंदी से 1.3 लाख करोड़ रुपए का काला धन बरामद हुआ।
- यह निर्णय आतंकवादी फंडिंग, जाली मुद्रा, भ्रष्टाचार पर अंकुश, काले धन के खिलाफ प्रभावी साबित हुआ।
- नागरिकों की व्यावहारिक मानसिकता को बदलते हुए कैशलेस भारत को बढ़ावा दिया।
- नोटबंदी से डिजिटल भुगतान को बढ़ावा देने में मदद मिली, जिससे भारत सबसे बड़ी डिजिटल अर्थव्यवस्था बनकर उभरा।
- औपचारिक बैंकिंग व्यवस्था में कैश आया, जिससे वित्तीय पारदर्शिता बढ़ी।

जी.एस.टी कर पर कर हटाता है, वस्तुओं की लागत कम करता है और बढ़ती कीमत के व्यापक प्रभाव को समाप्त करता है।
जी.एस.टी परिवहन चक्र के समय को कम करता है, आपूर्ति श्रृंखला, टर्नअराउंड समय और गोदाम समेकन में सुधार करता है।
वेट
जी.एस.टी
कीमत में कमी
कर सरलीकरण
CREDIT CARD
मेड इन इंडिया

32. कर में क्रांति : भारत का जी.एस.टी.

भारत के कर ढाँचे को 2017 में गुड्स ऐंड सर्विस टेक्स (जी.एस.टी.) की शुरुआत के साथ वह समाधान मिला, जो 'एक राष्ट्र-एक कर' के विजन को राह दिखाता है। इस ऐतिहासिक सुधार ने देश की अप्रत्यक्ष कर प्रणालो को सुव्यवस्थित किया है। उसके साथ ही केंद्रीय और राज्य क्षेत्राधिकारों में कानूनों और दरों में सामंजस्य स्थापित किया, जिससे एकीकृत बाजार को बढ़ावा मिला है। वेट और उत्पाद शुल्क जैसे पूर्ववर्ती करों को प्रतिस्थापित करके जी.एस.टी. ने व्यापार करने में आसानी को बढ़ावा दिया है। जी.एस.टी. की वजह से कर चोरी और भ्रष्टाचार पर भी अंकुश लगा है। सकारात्मक प्रभावों से गूँजता यह निर्णय 'अमृतकाल' के परिवर्तनकारी युग के दौरान नए भारत के आर्थिक विकास में आधारशिला के रूप में खड़ा है।

- जी.एस.टी. 'मेक इन इंडिया' को बढ़ावा देता है, जिससे राष्ट्रीय और वैश्विक बाजारों में प्रतिस्पर्धात्मकता बढ़ती है।
- जी.एस.टी. कर पर कर हटाता है, वस्तुओं की लागत कम करता है और व्यापक प्रभाव को समाप्त करता है।
- जी.एस.टी. परिवहन चक्र के समय को कम करता है, उसके साथ ही सप्लाई चैन, टर्नअराउंड टाइम और गोदाम एकत्रीकरण में सुधार करता है।
- सप्लाई चैन के हर स्तर पर शुल्क लगा के जी.एस.टी. उत्पाद की कीमतों में उल्लेखनीय रूप से कटौती करता है, जिससे उपभोक्ताओं को लाभ होता है।
- 2023 के पहले 9 महीने में औसत मासिक जी.एस.टी. संग्रह 1.66 लाख करोड़ रुपए था, जो आर्थिक विकास का संकेत है।

दिसंबर 2023 तक,
UPI 30+ करोड़ उपयोगकर्ताओं और 50+ करोड़ व्यापारियों को निर्बाध व्यापार लेनदेन की सुविधा प्रदान करता है।
BANK
यू.पि.आई
यूनिफाइड पेमेंट इंटरफेस
पैसे भेजे गए
केशलेस इकोसिस्टम
यूपीआई लेनदेन वित्तीय वर्ष 2017-2018 में 1 लाख करोड़ से बढ़कर वित्तीय वर्ष 2022-2023 में 139 लाख करोड़ हो गया।
दिसंबर 2023 तक फ्रांस, सिंगापुर, यूएई, श्रीलंका, ऑस्ट्रेलिया सहित 13 देशों ने यूपीआई प्रणाली को अपनाया है।

33. डिजिटल सशक्तीकरण : यू.पी.आई. की शानदार यात्रा

लुटियंस दिल्ली में एक 5 स्टार होटल से लेकर उत्तराखंड के माणा गाँव में एक चाय की टपरी तक भारत एक कैशलेस इको-सिस्टम की ओर तेजी से बदलाव का प्रतीक है। पिछले दशक में सब्जियों से लेकर रेफ्रिजरेटर तक की खरीदारी के लिए क्यूआर कोड-सक्षम मनी ट्रांसफर का अकल्पनीय विचार यू.पी.आई. के माध्यम से वास्तविकता बन गया है। यह अत्याधुनिक प्लेटफॉर्म पारंपरिक बैंकिंग बाधाओं को दूर करता है, जिससे स्मार्टफोन के माध्यम से निर्बाध लेनदेन की अनुमति मिलती है। यू.पी.आई. के जरिए इंस्टेंट फंड ट्रांसफर की सुविधा प्राप्त होती है।

- एन.पी.सी.आई. ने भारत में डिजिटल भुगतान में क्रांति लाते हुए 2016 में यू.पी.आई. लॉन्च किया था।
- यू.पी.आई. निर्बाध व्यापार लेनदेन के लिए 300+ मिलियन यूजर्स और 500+ मिलियन व्यापारियों को सेवा प्रदान करता है।
- यू.पी.आई. ने दिसंबर 2023 में रिकॉर्ड 18.23 लाख करोड़ रुपए का आँकड़ा छू लिया, जो 2022 में 11.9 लाख करोड़ रुपए से अधिक था।
- यू.पी.आई. लेनदेन का मूल्य वित्त वर्ष 2017-18 में 1 लाख करोड़ रुपए से बढ़कर वित्त वर्ष 2022-23 में 139 लाख करोड़ रुपए हो गया।
- 13 देशों द्वारा अपनाए गए, यू.पी.आई. की वैश्विक पहुँच में फ्रांस, सिंगापुर, संयुक्त अरब अमीरात, श्रीलंका और ऑस्ट्रेलिया शामिल हैं।

पहले . . .
₹. 1 भेजा गया
15 पैसे प्राप्त हुए
अब . . .
₹. 1 भेजा गया
₹. 1 प्राप्त हुए
डीबीटी ने सब्सिडी हस्तांतरण में भ्रष्टाचार और लीकेज को समाप्त करके दिसंबर 2022 तक 27 बिलियन अमेरिकी डॉलर से अधिक का सरकारी राजस्व बचाया है।
भारत सरकार
Government of India
Name
DOB: 00/00/0000
Gender
आधार - सामान्य माणसाचा अधिकार
इससे शासन में पारदर्शिता और जवाबदेही बढ़ी है, जिससे "विकसित भारत" के लिए प्रभावी प्रशासन संभव हो पाया है।
आधार सक्षम डीबीटी हस्तांतरण से 41.1 मिलियन फर्जी एलपीजी कनेक्शन और 42 मिलियन डुप्लिकेट राशन कार्डों का निलंबन संभव हुआ।

34. डी.बी.टी. : जीवन में बदलाव, पारदर्शिता की सुनिश्चितता

एक युग था, जब दिल्ली से भेजे गए प्रत्येक 1 रुपए में से गरीबों तक केवल 15 पैसे पहुँचते थे। लेकिन अब डायरेक्ट बेनिफिट ट्रांसफर (डी.बी.टी.) से एक क्रांतिकारी बदलाव आया है। डी.बी.टी. की सरकारी पहल सब्सिडी और वित्तीय सहायता को डिजिटल रूप से प्रसारित करती है। इसके जरिए इच्छित प्राप्तकर्ताओं तक पहुँचने में सटीकता सुनिश्चित होती है। डी.बी.टी. के अभिनव मॉडल ने लाखों लोगों के जीवन में सीधे 86 अरब डॉलर से अधिक की राशि डाली है। इस पहल से सामाजिक-आर्थिक प्रगति हुई है और कल्याण परिस्थिति की तंत्र में पारदर्शिता बढ़ी है। डी.बी.टी. ने अंत्योदय के विचार को साकार किया है। अब एक क्लिक में हर एक रुपया सीधे लाभार्थी के बैंक खाते में जमा हो जाता है। डी.बी.टी. धन वितरण में बिना मतलब लाभ लेने वाले मध्यस्थी की समस्या का समाधान बना है।

- वित्तीय वर्ष 24 डी.बी.टी. ट्रांसफर : अक्तूबर 2023- 3.2 ट्रिलियन; वित्तीय वर्ष 24 के अंत में अनुमानित-7 ट्रिलियन पहुँचेगा।
- आधार-सक्षम डी.बी.टी. ने 41.1 मिलियन फर्जी एल.पी.जी. कनेक्शन और 42 मिलियन डुप्लिकेट राशन कार्डों को खत्म कर दिया है।
- मार्च 2022 तक डी.बी.टी. के माध्यम से 2,73,093 करोड़ रुपए बचाए गए, जिससे सब्सिडी में भ्रष्टाचार पर अंकुश लगा है।
- डी.बी.टी. 10,000 से अधिक सरकारी सेवाएँ प्रदान करता है, जिसमें विश्वकर्मा योजना और एम.जी.एन.आर.ई.जी.एस. जैसी प्रमुख योजनाएँ शामिल हैं।
- डी.बी.टी. शासन पारदर्शिता को बढ़ाता है, 'विकसित भारत' के लिए जवाबदेही और प्रभावी शासन सुनिश्चित करता है।

जी २०
शिखर सम्मेलन
कश्मीर
घाटी
भारत
निरस्तीकरण के बाद
5 अगस्त 2019
केंद्रीय एजेंसियों की शक्ति बढ़ी जिसके परिणामस्वरूप आतंकवादी कृत्यों में बड़ी गिरावट आई और कश्मीर घाटी में निवेश को आकर्षित कर शांति और समृद्धि स्थापित हुई।
निरस्तीकरण के पहले
पहले से विपरीत, भारतीय संसद की शक्ति केवल कश्मीर में रक्षा, विदेश मामले और संचार तक सीमित नहीं है - लोकतांत्रिक रूप से राष्ट्र को एकीकृत किया।
लाल चौक, श्रीनगर

35. कश्मीर का पुनर्जन्म : अनुच्छेद 370 हुआ निरस्त

श्रीनगर के लाल चौक पर लहराता भारतीय तिरंगा और कश्मीर घाटी में जी-20 शिखर सम्मेलन की मेजबानी की संभावना एक समय सपने के समान थी। हालाँकि 5 अगस्त, 2019 के ऐतिहासिक दिन पर, भारतीय संसद् ने संवैधानिक परिदृश्य को फिर से परिभाषित करते हुए कश्मीर में अनुच्छेद 370 और 35A को निरस्त किया था। यह एक महत्त्वपूर्ण बदलाव की शुरुआत थी। 'जीरो टेरर प्लान' जैसी इस निर्णायक काररवाई ने कश्मीर में एकता और एकजुटता को बढ़ावा दिया है। इसके साथ ही समावेशी शासन, क्षेत्रीय संतुलन और सामूहिक प्रगति का मार्ग प्रशस्त किया है। इसने आजादी के सात दशकों के बाद 'एक भारत, श्रेष्ठ भारत' की सच्ची भावना को मूर्त रूप देते हुए अधिक सामंजस्यपूर्ण भविष्य की दिशा में एक आदर्श बदलाव को चिह्नित किया है।

- रक्षा, विदेश मामलों और संचार के लिए कश्मीर में भारतीय संसद् की शक्तियों का विस्तार, लोकतांत्रिक एकीकरण को बढ़ावा देता है।
- 2019 में अनुच्छेद 370 के निरस्त होने के बाद 2022-23 में कश्मीर की जी.डी.पी. 1 लाख करोड़ से दोगुनी होकर 2.25 लाख करोड़ हो गई।
- आतंकवादी गतिविधियाँ 2004-14 में 7,217 से घटकर 2014-23 में 2,197 हो गईं और सुरक्षा बलों के शहीदों में 50 प्रतिशत की कमी आई है।
- 2010 में संगठित पथराव की 2,654 घटनाओं, 112 नागरिकों की मौत और 6000 से अधिक नागरिकों के घायल होने से घटकर 2023 में शून्य हो गया।
- जम्मू-कश्मीर में ऐतिहासिक दिसंबर 2020 जिला विकास परिषद चुनाव में 51.42 प्रतिशत मतदान हुआ है।

□

सांस्कृतिक पुनरुत्थान

खंड-8

सांस्कृतिक पुनरुत्थान

"कोई भी देश अपनी विरासत को महत्त्व दिए बिना आगे नहीं बढ़ सकता। भारत न केवल एक राष्ट्र है, बल्कि एक विचार और एक संस्कृति है।"

—प्रधानमंत्री श्री नरेंद्र मोदी

(अखिल भारतीय आयुर्वेद संस्थान—18/10/2018)

शैतान द्वीप
योगेन्द्र द्वीप
खेत्रपाल द्वीप
होशियार द्वीप
सोमनाथ द्वीप
सेखों द्वीप
तारापोर द्वीप
धन सिंह द्वीप
शं नो वरुणः
कर्तव्य पथ
Kartavya Path

36. औपनिवेशिक मानसिकता को मिटाता नया भारत

भारत ने 1947 में स्वतंत्रता हासिल की, लेकिन वास्तविक मुक्ति 75 साल बाद हुई, जिससे औपनिवेशिक छाप को व्यवस्थित रूप से समाप्त हुई। जी-20 समिट में माननीय प्रधानमंत्री नरेंद्र मोदी के 'भारत' पट्टिका के पीछे बैठे होने का ऐतिहासिक क्षण इस परिवर्तन का सार दरशाता है। आजादी के अमृत महोत्सव ने शहर के नाम, सड़कों, मूर्तियों और शैक्षिक पाठ्यक्रम से लेकर लोगों और कानूनों तक औपनिवेशिक अवशेषों को नष्ट कर दिया। अमृतकाल के सांस्कृतिक पुनर्जागरण में भारत अपनी समृद्ध विरासत, बहादुर स्वतंत्रता सेनानियों और गहन परंपराओं पर गर्व करते हुए आगे बढ़ रहा है। यह यात्रा प्रगति की भावना से गूँजते हुए एक विकसित भारत की ओर ले जाती है।

- अंडमान और निकोबार के 21 द्वीपों का नाम परमवीर चक्र पुरस्कार विजेताओं के नाम पर रखा गया और रॉस द्वीप का नाम बदलकर 2018 में 'सुभाष चंद्र बोस' द्वीप कर दिया गया।
- भारतीय नौसेना ने छत्रपति शिवाजी महाराज से प्रेरित होकर पताका को सेंट जॉर्ज क्रॉस से 'शं नो वरुणः' में बदल दिया गया।
- इंडिया गेट की छतरी पर सुभाष चंद्र बोस की प्रतिमा ने किंग जॉर्ज पंचम की प्रतिमा का स्थान ले लिया है।
- 'बंग भंग' से 'भारत छोड़ो' तक ब्रिटिश-प्रतिबंधित साहित्यिक कृतियों (1905-1942) को फिर से खोजना और प्रकाशित किया गया।
- नई दिल्ली का राजपथ अब 'कर्तव्य पथ' है, जो लोकतंत्र में कर्तव्यों पर जोर देता है।

नए परिसर की लोकसभा में 888 बैठक और
राज्यसभा में 384 बैठक हैं
शिल्प दीर्घा गैलरी

37. लोक कल्याण का स्तंभ : नया संसद् भवन

लोकतंत्र की जननी और दुनिया के सबसे बड़े लोकतांत्रिक राष्ट्र के रूप में प्रतिष्ठित भारत प्रगति की अपनी निरंतर खोज में सकारात्मक परिवर्तन को उत्साहपूर्वक स्वीकार करता है। नया संसद् भवन पुराने औपनिवेशिक ढाँचे से विकसित भारत के ढाँचे की ओर हमारे बदलाव का संकेत देने के लिए एक प्रमाण के रूप में खड़ा है, जो भारत की समृद्ध सांस्कृतिक और लोकतांत्रिक विरासत का सही प्रतिनिधित्व करता है। नई संसद् का आधुनिक बुनियादी ढाँचा अत्याधुनिक प्रौद्योगिकी को सहजता से एकीकृत करता है। 65,000 वर्ग मीटर के क्षेत्र में फैली इस इमारत में शक्तिशाली शेरों से सुसज्जित 'अशोक स्तंभ' और इसके केंद्र में विशिष्ट 'भारतीय घटिका' शामिल है। इसके चारों ओर 'मकर,' 'गज,' 'शार्दुल,' 'अश्व,' 'हंस,' और 'गरुड़' नाम के छह द्वार हैं। लोक कल्याण का प्रतिनिधित्व करने वाले ये द्वार सामूहिक रूप से अमृतकाल के दौरान समृद्धि के आगमन के प्रतीक हैं।

- वैदिक मंत्रोच्चार के साथ सेनगोल की स्थापना एक ऐतिहासिक सत्ता हस्तांतरण का प्रतीक है, जो स्वराज्य की दिशा में एक महत्त्वपूर्ण कदम है।
- आठ अवधारणाओं पर आधारित शिल्प दीर्घा गैलरी में भारत भर के 400 कारीगरों के 255 शिल्प शामिल हैं।
- लोकसभा और राज्यसभा में अब क्रमश: 888 और 384 बैठक हैं, पूरी तरह से डिजिटल नीतियों के लिए 1272 बैठक की संयुक्त सत्र क्षमता है।
- प्लैटिनम-रेटेड ग्रीन बिल्डिंग अपने पूर्ववर्ती की तुलना में 30 प्रतिशत बिजली बचाती है।
- उत्तर प्रदेश के 900 कारीगरों द्वारा 10 लाख घंटों की अवधि में सावधानीपूर्वक बुना गया कालीन नए संसद् भवन में बिछाया गया है।

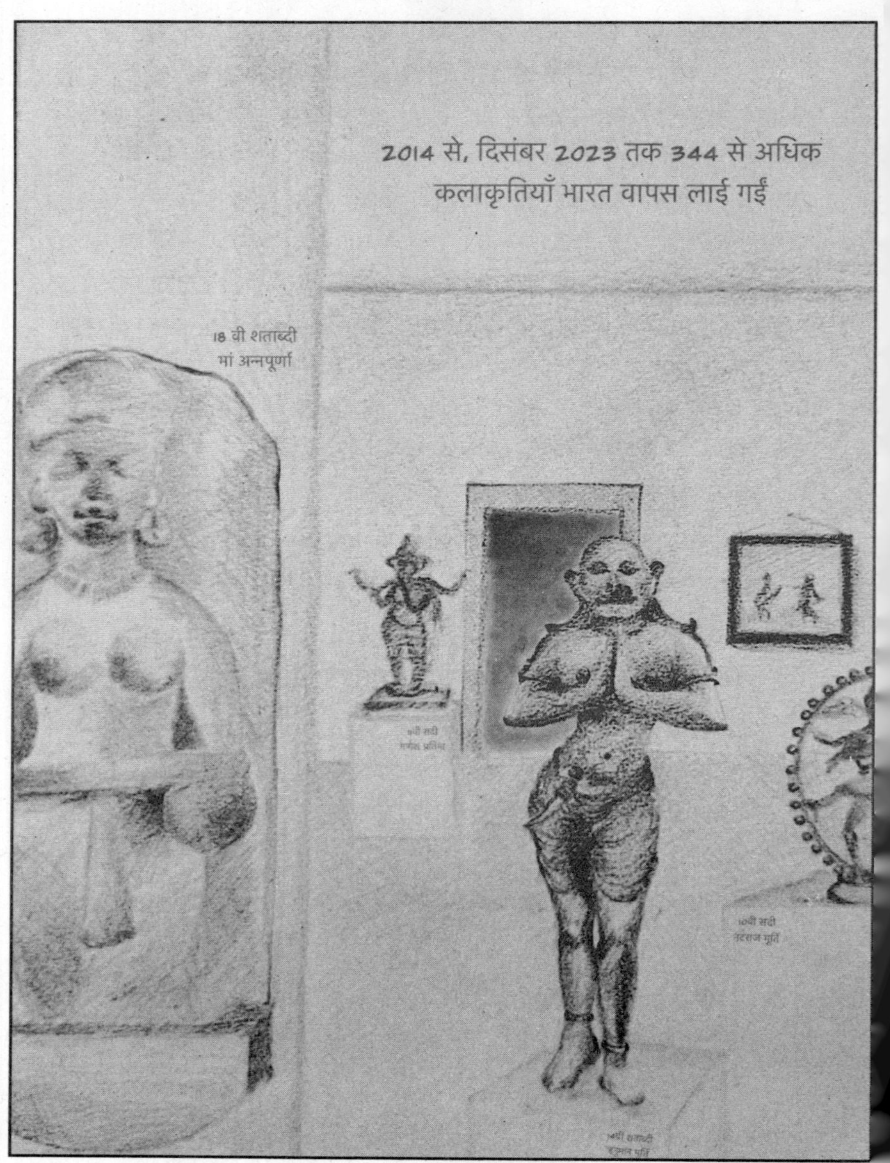
2014 से, दिसंबर 2023 तक 344 से अधिक
कलाकृतियाँ भारत वापस लाई गईं
18 वी शताब्दी
मां अन्नपूर्णा

38. विरासत का पुनरागमन : प्राचीन शिल्पों की पुनः प्राप्ति

भारत प्राचीन काल से ही कला और मूर्तिकला की भूमि रहा है। 2014 के बाद प्रधानमंत्री नरेंद्र मोदी ने आजादी के बाद दशकों तक उपेक्षित प्राचीन भारतीय कलाकृतियों की पुनर्प्राप्ति और संरक्षण पर नए सिरे से ध्यान केंद्रित किया। बेहतर वैश्विक संबंधों का लाभ उठाते हुए भारत ने अपनी समृद्ध विरासत की सुरक्षा के महत्त्व पर जोर देते हुए चुराए गए सांस्कृतिक खजाने को सफलतापूर्वक पुनः प्राप्त कर लिया। यह सक्रिय पहल न केवल सांस्कृतिक संरक्षण के प्रति प्रतिबद्धता का प्रतीक है, बल्कि अमृतकाल में इन महत्त्वपूर्ण ऐतिहासिक कलाकृतियों की वापसी सुनिश्चित करने में भारत की कूटनीतिक कौशल को भी रेखांकित करती है।

- 2014 से 2022 तक 344 से अधिक कलाकृतियाँ भारत वापस लाई गईं।
- नवंबर 2021 में 18वीं सदी की चोरी हुई माँ अन्नपूर्णा की मूर्ति एक सदी की लंबी अनुपस्थिति के बाद कनाडा से वाराणसी वापस लाई गई।
- चोल काल के अंत की एक प्राचीन भगवान हनुमान की मूर्ति ऑस्ट्रेलिया से बरामद की गई और 2023 में भारत लौट आई।
- स्कॉटलैंड ने कानपुर के एक मंदिर से जब्त की गई 14वीं सदी की औपचारिक इंडो-फारसी तलवार और 11वीं सदी का पत्थर का दरवाजा लौटा दिया।
- संयुक्त राज्य अमेरिका 2023 में 105 से अधिक चोरी हुई कलाकृतियों को वापस भेजने पर सहमत हुआ।

श्री राम जन्मभूमि मंदिर,
अयोध्या
500 साल बाद बनकर तैयार हुआ
70 एकड़ का भव्य मंदिर परिसर

39. सांस्कृतिक पुनर्जागरण : भारत के मंदिरों का भव्य पुनरुत्थान

भारतीय सभ्यता का आध्यात्मिक मूल सदियों पुराने मंदिरों में सन्निहित है, जो हमारे स्थायी मूल्यों के प्रमाण के रूप में खड़े हैं। आजादी के सात दशक बाद 'अमृतकाल' के युग में भारतीय सभ्यता के खोए हुए गौरव को पुनः स्थापित करना अत्यावश्यक हो गया है। अयोध्या में 70 एकड़ में फैला भव्य श्रीराम जन्मभूमि मंदिर ने पीढ़ियों स्वप्न को वास्तविक रूप देकर ऐतिहास रच दिया। यह पुनरुद्धार भारत के 'सर्वे भवन्तु सुखिनः' के सिद्धांतों को प्रतिध्वनित करता है, जो विश्व स्तर पर गूँज रहा है, पर्यटन को आकर्षित कर रहा है, स्थानीय अर्थव्यवस्थाओं को बढ़ावा दे रहा है और सांस्कृतिक लोकाचार की रक्षा कर रहा है—विकसित भारत के विकास में एक आवश्यक कदम बन रहा है।

- 2021 में केदारनाथ धाम का पुनरुद्धार हुआ, जिससे आजीविका और तीर्थयात्री सुविधाओं में वृद्धि हुई।
- 2021 में 'काशी विश्वनाथ कॉरिडोर' ने 5 लाख वर्ग फुट में 40 प्राचीन मंदिरों को पुनर्जीवित किया, जिससे 13 करोड़ पर्यटक वहाँ आए।
- 2022 में गुजरात के पावागढ़ कालिका मंदिर में 500 वर्षों के बाद 'ध्वजा' फहराई गई।
- 2022 में उज्जैन के महाकाल लोक कॉरिडोर में 108 सजावटी स्तंभों के साथ सांस्कृतिक भित्ति चित्र और मूर्तियाँ प्रदर्शित हैं।
- 2019 में अनुच्छेद 370 के निरस्त होने के बाद कश्मीर में मंदिरों को फिर से खोला जा रहा है, जिसमें 2020 में रघुनाथ मंदिर और 2021 में शीतलनाथ मंदिर शामिल हैं।

वोकल फॉर लोकल
श्रीमद्
भगवत गीता

40. वैश्विक संबंध : भारत की हथकरघा और हस्तकला कूटनीति

भारत की समृद्ध परंपरा हथकरघा और हस्तशिल्प में समाहित है, जिसमें 2019–20 अखिल भारतीय हथकरघा जनगणना के अनुसार लगभग 31.44 लाख परिवार इस क्षेत्र में सक्रिय रूप से भाग लेते हैं। पिछले दशक में राष्ट्र ने ताज महल की मूर्तियाँ उपहार में न देकर वैश्विक नेताओं को श्रीमद्भगवद्गीता भेंट की। माननीय प्रधानमंत्री श्री नरेंद्र मोदी 'वोकल फॉर लोकल' को बढ़ावा देते हैं, स्थानीय कारीगरों द्वारा तैयार किए गए उत्पादों को उपहार में देकर भारतीय हस्तकला के एंबेसेडर बन गए हैं। यह न केवल हस्त शिल्पकारों के कौशल को प्रदर्शित करता है, बल्कि उन्हें सशक्त भी बनाता है, जो दुनिया भर में भारतीय हथकरघा और हस्तशिल्प के लिए एक शक्तिशाली उपकरण के रूप में प्रस्थापित हो रहा है, जो विकसित भारत की दृष्टि से महत्त्वपूर्ण है।

- 2022 : G 7 नेताओं को काली मिट्टी के बरतन, गुलाबी मीनाकारी ब्रोच, हैड पैंटेड चाय सेट (निजामाबाद, वाराणसी, बुलंदशहर) भेंट दिए गए।
- 2023 : G 20 नेताओं को (कश्मीर, असम, तमिलनाडु) के पश्मीना स्टोल, मुगा सिल्क स्टोल, कांजीवरम स्टोल, पेपर माचे डिब्बियों में भेंट दिए गए।
- 2023 : अमेरिकी राष्ट्रपति और प्रथम महिला को 7.5 कैरेट हरा हीरा, नक्काशीदार चंदन का डिब्बा भेंट दिए गए।
- 2023 : फ्रांस के राष्ट्रपति को चंदन सितार और पोचमपल्ली इक्कत भेंट में दिए गए।
- 2022 : यूरोपीय राष्ट्र के अध्यक्षों को छत्तीसगढ़, राजस्थान, गुजरात के ढोकरा नावें, कोफ्तगिरी कला, कच्छी कढ़ाई भेंट दी गई।

□

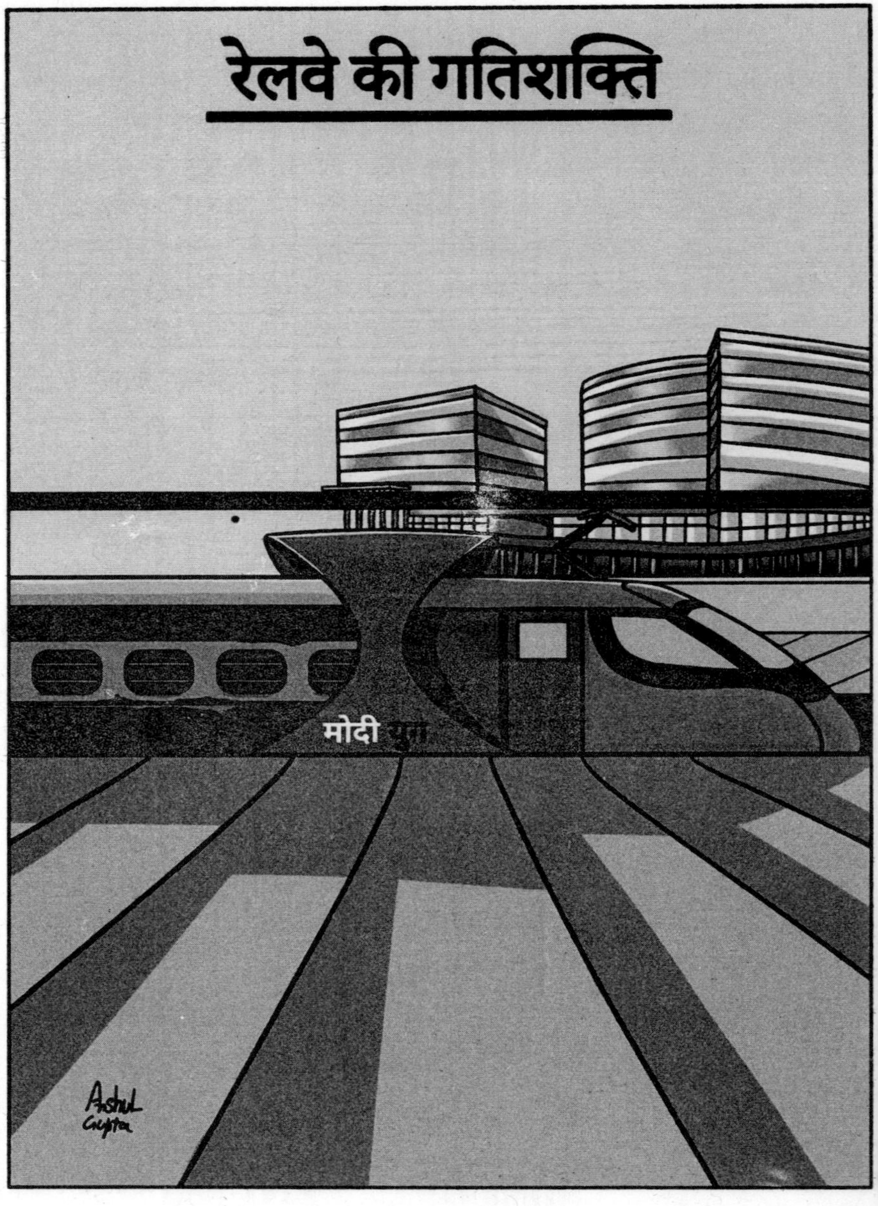

रेलवे की गतिशक्ति

मोदी युग

Anshul Gupta

खंड-9

रेलवे की गतिशक्ति

"जहाँ गरीब और मध्यम वर्ग जाता है, मैं उन रेलवे स्टेशनों को हवाई अड्डों से भी बेहतर बनाऊँगा। हम रेल यात्रा को सुलभ के साथ-साथ सुखद बनाने के लिए भी काम कर रहे हैं। प्रयास तो ट्रेन से स्टेशन तक सर्वोत्तम संभव अनुभव प्रदान करना है।"

—प्रधानमंत्री श्री नरेंद्र मोदी
(जोधपुर, राजस्थान—05/10/2023)

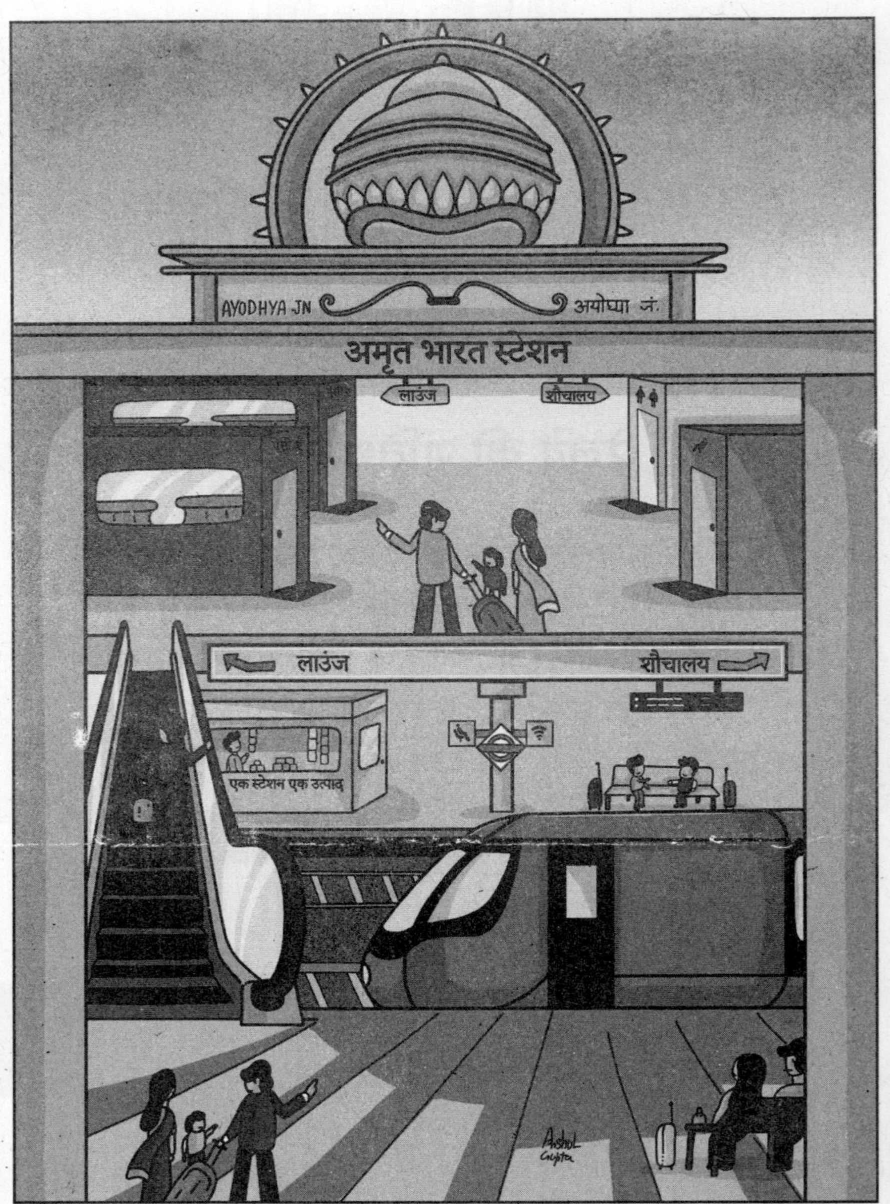
AYODHYA JN
अयोध्या जं.
अमृत भारत स्टेशन
लाउंज
शौचालय
लाउंज
शौचालय
एक स्टेशन एक उत्पाद
Anshul Gupta

41. भारतीय रेल के भव्य द्वार : अमृत भारत स्टेशन

अपने नागरिकों को विश्व स्तरीय सार्वजनिक सुविधाएँ प्रदान करने के प्रयास में अमृत भारत स्टेशन योजना अगस्त 2023 में शुरू की गई थी। जो कुल 1309 रेलवे स्टेशनों का सफलतापूर्वक आधुनिकीकरण या उन्नयन कर रही है। उल्लेखनीय रूप से यह आँकड़ा दक्षिण अफ्रीका (585), रूस (353) और कनाडा (410) में रेलवे स्टेशनों की सामूहिक संख्या के बराबर है। यह योजना रणनीतिक रूप से समग्र यात्रा अनुभव को बेहतर बनाने, शहरों और उनके आसपास के क्षेत्रों के बीच निर्बाध एकीकरण को बढ़ावा देने के साथ-साथ मल्टीमॉडल परिवहन सुविधाओं को बढ़ावा देने के लिए डिजाइन की गई है। अमृतकाल में विकास की तीव्र गति और व्यापक पैमाने के प्रमाण के रूप में कार्य करते हुए, यह पहल सार्वजनिक बुनियादी ढाँचे के मानकों को ऊपर उठाने के लिए नए भारत की प्रतिबद्धता का उदाहरण देती है।

- यह लिफ्ट और एस्केलेटर, सूचना डिस्प्ले, वेटिंग हॉल, वाई-फाई, एक्सेस प्वॉइंट, सर्कुलेटिंग एरिया आदि जैसी यात्री सुविधाओं में सुधार करेगा।
- 'एक स्टेशन एक उत्पाद' से स्थानीय व्यापार और हस्तशिल्प को बढ़ावा मिलेगा।
- यह कई एकड़ शहरी स्थान भी बनाएगा, जिन्हें व्यापार-केंद्रों, मीटिंग हॉल, कार्यकारी लाउंज आदि के लिए नामांकित किया जाएगा।
- स्टेशन की थीम ऐसी होगी कि यह शहर की पहचान होने वाली स्थानीय संस्कृति और परंपरा से मिलती-जुलती होगी।
- योजना की घोषणा के केवल 6 महीनों के भीतर 625+ स्टेशनों पर काम शुरू हो गया और अन्य पर योजना के विभिन्न चरणों में कार्य प्रगति पर है।

2014 से पहले रेलवे विद्युतीकरण
32.7% था
2024 में बाद रेलवे विद्युतीकरण
100% होगा
Anshul
Gupta

42. प्रगति के तार : भारतीय रेलवे का विद्युतीकरण

2014 में 32.7 प्रतिशत (21413 किलोमीटर) ब्रॉड-गेज रेलवे विद्युतीकरण से 2023 में उल्लेखनीय 100 प्रतिशत (65350 किलोमीटर) तक का परिवर्तन, जो केवल 9 वर्षों में 173 प्रतिशत की आश्चर्यजनक वृद्धि दरशाता है। यह किफायती और पर्यावरण के अनुकूल रेलवे के प्रति भारत के अटूट समर्पण को रेखांकित करता है। यह उपलब्धि एक ही समय सीमा के भीतर ऑस्ट्रेलिया, जर्मनी और अर्जेंटीना जैसे देशों के संपूर्ण रेलवे नेटवर्क को विद्युतीकृत करने के बराबर है। 'अमृतकाल' में एक बड़ी छलाँग, यह भारतीय रेलवे को 2030 तक शुद्ध-शून्य कार्बन उत्सर्जन हासिल करने के पथ पर ले जाती है, जिससे सालाना 7.5 मिलियन टन CO_2 दूर हो जाती है। लागत में कटौती के अलावा यह कदम कच्चे तेल के लिए विदेशों पर निर्भरता कम करके 'आत्मनिर्भर भारत' को बढ़ावा देता है।

- 2013 में 1.7 आर.के.एम./दिन का रेलवे विद्युतीकरण, 2023 में 18 आर.के.एम./दिन, कार्यान्वयन में विद्युतीकरण की गति को इंगित करता है।
- सभी 411 मेंटीनेंस गड्ढों के विद्युतीकरण का लक्ष्य प्रतिदिन लगभग 2 लाख लीटर ईंधन बचाना है।
- डीजल लोकोमोटिव के मेंटीनेंस पर 32.84 हजार GTKM का खर्च आता है, इलेक्ट्रिक लोकोमोटिव के मेंटीनेंस पर केवल 16.45 प्रति हजार GTKM का खर्च आता है।
- वर्ष 2019-20 की तुलना में 2020-21 में डीजल की खपत में भी 50.29 प्रतिशत की कमी आई है और ईंधन व्यय में 38 प्रतिशत की कमी आई है।
- जब संयुक्त राज्य अमेरिका (1 प्रतिशत), ऑस्ट्रेलिया (10 प्रतिशत), यू.के., (38 प्रतिशत), रूस (52 प्रतिशत), चीन (72 प्रतिशत) और जापान (75 प्रतिशत) जैसे देशों में रेलवे विद्युतीकरण सीमित था, भारत ने 100 प्रतिशत पूरा किया।

मैं "आत्मनिर्भर भारत' का राजदूत हूं - आईसीएफ चेन्नई में डिजाइन और निर्मित
अधिकतम गति 180 किमी प्रति घंटा
अत्यधिक सुरक्षा और आराम के साथ इसका खर्च मात्र 2 रुपऐ/किमी है
2025 तक 475 से अधिक वंदे भारत ट्रेनें पटरी पर होंगी

43. आत्मनिर्भर गति : वंदे भारत ट्रेन

'अमृतकाल' के युग में नया भारत वृद्धिशील परिवर्तनों के साथ विश्व स्तर पर प्रमुख होने की आकांक्षा रखता है। ये वंदे भारत ट्रेनों का विजन है। आई.सी. एफ. चेन्नई में भारतीय प्रतिभाओं द्वारा रिकॉर्ड 18 महीन में इंजीनियर किया गया, जिसमें 300 से अधिक एम.एस.एम.ई. के घटक शामिल हैं, यह प्रामाणिक रूप से 'आत्मनिर्भर भारत' का प्रतीक है। 180 किमी. प्रतिघंटे की अधिकतम गति, अत्याधुनिक डिजाइन, यात्री सुविधाओं और कवच एवं सुरक्षा की अतिरिक्त परत के साथ, वंदे भारत गति, आरामदायक और सुरक्षा के बीच एक अद्वितीय संतुलन बनाता है। विशेष रूप से, भारत 160+ किमी. प्रतिघंटे की गति तक चलने वाली ट्रेन को डिजाइन करने वाला 8वाँ देश बन गया है, जिसने केवल 1 मिमी. के अंतर के साथ यह उपलब्धि हासिल की है, जो वैश्विक सवारी सूचकांक 3.5 से अधिक है, जबकि उच्चतम 2.9 है।

- यह केवल 52 सेकंड में 0–100 किमी. प्रतिघंटे की रफ्तार पकड़ लेती है, जबकि बुलेट ट्रेन 54.6 सेकंड लेती है।
- इसकी विनिर्माण लागत समान यूरोपीय ट्रेन की तुलना में 40 प्रतिशत सस्ती है और पुनर्योजी ब्रेक 30 प्रतिशत विद्युत् ऊर्जा बचाते हैं, जबकि एसी 15 प्रतिशत अधिक ऊर्जा कुशल हैं।
- सोनीपत, लातूर और रायबरेली में विनिर्माण सुविधाओं को बढ़ाते हुए इसका लक्ष्य 2025 तक 475+ वंदे भारत ट्रेनों को ट्रैक पर लाना है।
- इसका किराया लगभग रु. 2/किमी. है, जबकि विदेशों में समान ट्रेनों का किराया, ऑस्ट्रेलिया (रु.7.6/किमी.), जर्मनी (रु.16.5/किमी.), स्विट्जरलैंड (रु. 25.22/किमी.) और यू.एस.ए. (रु.19.3/किमी)।
- इसने लॉन्च होने के केवल एक वर्ष के भीतर 34 ट्रेन सेवाओं के साथ 24 राज्यों में मूल और गंतव्य के बीच यात्रा के समय को 25 प्रतिशत से 45 प्रतिशत तक कम कर दिया है।

34000 करोड़ रुपए
के बजट आवंटन के
साथ समग्र रेल नेटवर्क
पर लगाया किया
जाएगा
Anshul Gupta

44. रेलवे का सुरक्षा कवच

'अमृतकाल' के युग में भारतीय रेलवे ने न केवल गति और आराम को प्राथमिकता दी, बल्कि सुरक्षा मानकों को भी बढ़ाया। सबसे आगे है कवच, एक अनोखी स्वचालित ट्रेन सुरक्षा प्रणाली—भारत की स्वदेशी ट्रेन टक्कर बचाव प्रणाली। विश्व स्तर पर तैनात यूरोपीय ट्रेन नियंत्रण प्रणाली के विपरीत, कवच भारतीय रेलवे नेटवर्क की जटिलताओं को समझने में माहिर है। 2023-24 तक इस प्रणाली के तहत 2000 किलोमीटर का आवरण करने और अंततः कुल मिलाकर 34000 किलोमीटर को का आवरण करने के लक्ष्य के साथ, उच्च घनत्व वाले रेल मार्गों पर स्थापना का काम चल रहा है। यह 'आत्मनिर्भर' के सार को मूर्त रूप देते हुए, घरेलू समाधान प्रदान करने में नए भारत की क्षमता को रेखांकित करता है।

- इसका उद्देश्य मानवीय गलती के कारण होने वाली दुर्घटनाओं को रोकना है, जिसके परिणामस्वरूप खतरे में सिग्नल पास करना और तेज गति से वाहन चलाना शामिल है।
- सिस्टम लोको पायलट को सचेत कर सकता है, ब्रेक पर नियंत्रण कर सकता है और ट्रेन को स्वचालित रूप से रोक सकता है, जब वह एक निर्धारित दूरी के भीतर उसी लाइन पर दूसरी ट्रेन को देखता है।
- कवच के स्टेशन उपकरण सहित ट्रैक साइड के प्रावधान की लागत लगभग रु. 50 लाख प्रति किमी. और 70 लाख प्रति लोको है।
- 2022 में इसके सफल परीक्षण के बाद से जुलाई 2023 तक रु. 352 करोड़ के व्यय के साथ 121+ लोकोमोटिव और 1465 किलोमीटर मार्गों को कवच से सुसज्जित किया गया है।
- नई दिल्ली-मुंबई और नई दिल्ली—हावड़ा रूट पर कार्यान्वयन का काम तेजी से चल रहा है।

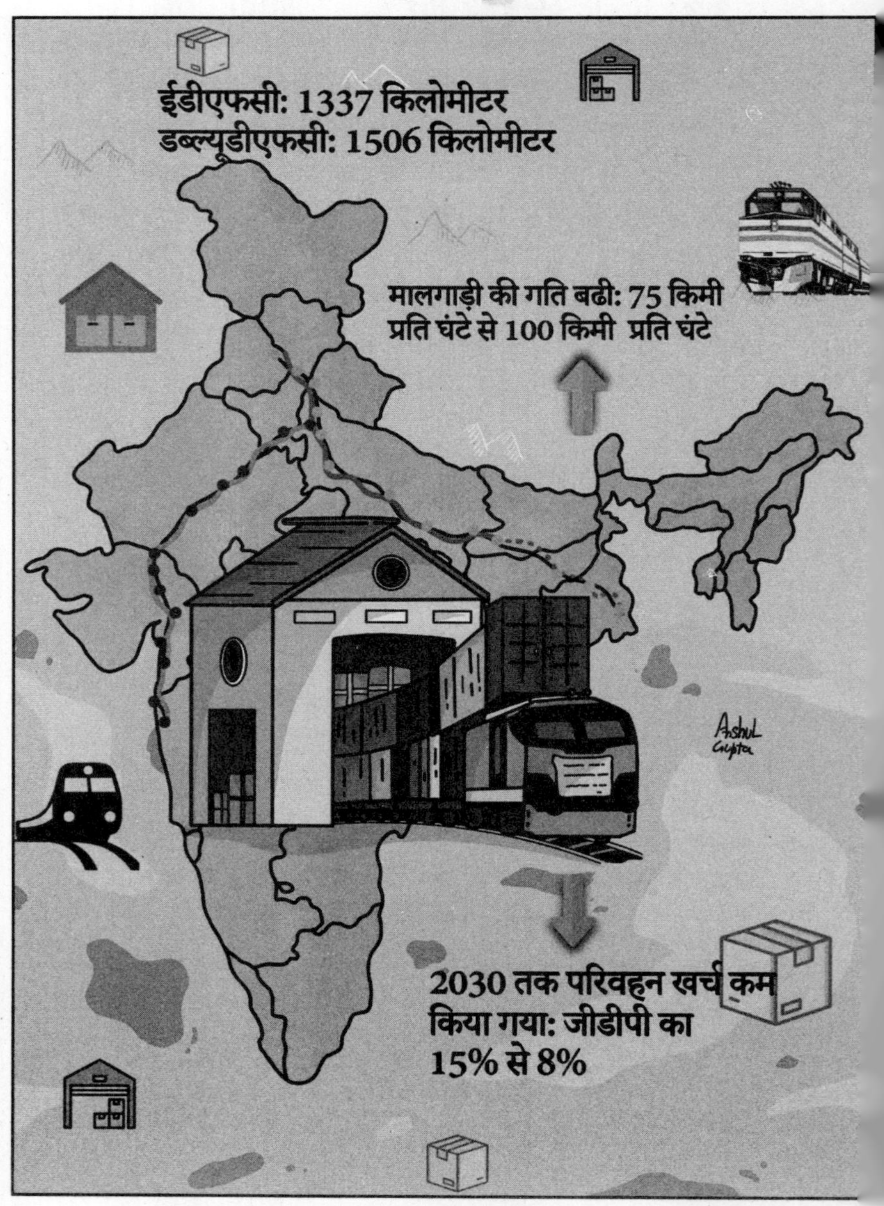
ईडीएफसी: 1337 किलोमीटर
डब्ल्यूडीएफसी: 1506 किलोमीटर
मालगाड़ी की गति बढी: 75 किमी प्रति घंटे से 100 किमी प्रति घंटे
2030 तक परिवहन खर्च कम किया गया: जीडीपी का 15% से 8%
Ashul Gupta

45. लॉजिस्टिक्स की रेल : डेडिकेटेड फ्रेट कॉरिडोर

'अमृतकाल' के युग में लॉजिस्टिक्स वैश्विक बाजारों में एक प्रमुख खिलाड़ी के रूप में उभरा है, जो 'मेक इन इंडिया' और 'आत्मनिर्भर भारत' के दृष्टिकोण को मजबूत कर रहा है। डेडिकेटेड फ्रेट कॉरिडोर प्रगतिशील रेलवे बुनियादी ढाँचे के रूप में खड़े हैं, जो दक्षता और अर्थव्यवस्था के लिए माल गतिशीलता को अनुकूलित करते हैं। ये उच्च गति, उच्च क्षमता वाले कॉरिडोर विशेष रूप से अत्याधुनिक प्रौद्योगिकी और गुणवत्तापूर्ण बुनियादी ढाँचे को एकीकृत करते हुए निर्बाध माल परिवहन के लिए डिजाइन किए गए हैं। ईस्टर्न डेडिकेटेड फ्रेट कॉरिडोर (1337 किलोमीटर) और वेस्टर्न डेडिकेटेड फ्रेट कॉरिडोर (1506 किलोमीटर) को क्रमशः विश्व बैंक और जापान इंटरनेशनल कोऑपरेशन एजेंसी से पर्याप्त धन मिलता है। ईडीएफसी ने 1 नवंबर, 2023 को परिचालन शुरू किया, जबकि डब्ल्यू.डी.एफ.सी. इस साल शुरू होने वाला है।

- ई.डी.एफ.सी. पंजाब में साहनेवाल (लुधियाना) से पश्चिम बंगाल में दानकुनी तक फैला है और पंजाब, हरियाणा, उत्तर प्रदेश, बिहार, झारखंड और पश्चिम बंगाल राज्यों को कवर करता है।
- डब्ल्यू.डी.एफ.सी. उत्तर प्रदेश में दादरी से मुंबई में जवाहरलाल नेहरू पोर्ट ट्रस्ट तक फैला है और हरियाणा, राजस्थान, गुजरात, महाराष्ट्र तथा उत्तर प्रदेश इत्यादि राज्यों को कवर करता है।
- डी.एफ.सी.सी.आई.एल. मालगाड़ियों की गति 75 किमी. प्रतिघंटे से बढ़ाकर 100 किमी. प्रतिघंटा करेगा और औसत गति भी 26 किमी. प्रतिघंटा से बढ़ाकर 70 किमी. प्रतिघंटा कर दी जाएगी।
- एक बार डीएफसी के निर्माण के बाद 70 प्रतिशत मालगाड़ियों को इन दो कॉरिडोर में ले जाकर रेलवे के नेटवर्क पर भीड़ कम हो जाएगी।
- इससे 2030 तक 3,000 मीट्रिक टन की माल लदान क्षमता हासिल करने और लॉजिस्टिक लागत को सकल घरेलू उत्पाद के 15 प्रतिशत से घटाकर 8 प्रतिशत करने के भारतीय रेलवे के महत्त्वाकांक्षी लक्ष्य को साकार किया जा सकेगा।

□

सामाजिक उत्कर्ष

एस.सी, एस.टी, ओ.बी.सी.

Anshul Gupta

खंड-10

सामाजिक उत्कर्ष

"सबका साथ, सबका विकास, सबका विश्वास, सबका प्रयास"।

—प्रधानमंत्री श्री नरेंद्र मोदी

(स्वतंत्रता दिवस भाषण—15/08/2021)

बैंक
बैंक
10000 करोड़ रुपयों से अधिक मूल्य की 76.14 लाख लोन दिए गए
लोन बुकिंग बूथ
BANK

46. पी.एम. स्वनिधि : समृद्धि के नए अवसर

भारत की जीवंत सड़कें सिर्फ हलचल भरे बाजार नहीं हैं; वे एक लचीली अनौपचारिक अर्थव्यवस्था का धड़कता हुआ दिल हैं। इन रेहड़ी–पटरी वालों की आर्थिक क्षमता को मजबूत करने के लिए भारत सरकार ने पी.एम. स्वनिधि की शुरुआत की, जो एक परिवर्तनकारी शक्ति साबित हुई है। 50 लाख रेहड़ी–पटरी वालों को औपचारिक मान्यता और ऋण प्रदान करके यह न केवल वित्तीय उत्थान सुनिश्चित करता है, बल्कि समृद्धि के प्रति प्रतिबद्धता का भी प्रतीक है। माइक्रो–क्रेडिट से परे यह 'स्वनिधि से समृद्धि' के माध्यम से परिवारों को सामाजिक–आर्थिक योजनाओं से जोड़कर एक सुरक्षा कवच प्रदान करता है। 4 जनवरी, 2021 को शुरू की गई यह सिर्फ एक योजना नहीं है, बल्कि रेहड़ी–पटरी वालों के लिए एक कदम 'विकसित भारत' की दिशा में आगे बढ़ाने के लिए एक मजबूत स्तंभ है।

- यह 10,000 रुपए तक के संपार्श्विक–मुक्त कार्यशील पूँजी ऋण की सुविधा देता है, जिसे पहले के ऋणों के पुनर्भुगतान पर बाद की किश्तों में 20,000 रुपए और 50,000 रुपए तक बढ़ाया जाता है।
- दिसंबर 2023 तक 57.7 लाख लाभार्थियों को 10,000+ करोड़ रुपए के 76.14 लाख से अधिक ऋण वितरित किए गए हैं।
- यह 44 प्रतिशत ओ.बी.सी. और 22 प्रतिशत एस.सी./एस.टी. लाभार्थियों को प्रभावित करता है, जो देश भर में स्ट्रीट वेंडरों के लिए समावेशी उत्थान को दरशाता है।
- दिसंबर 2023 तक 27.18 लाख से अधिक ऋण तेजी से दिए गए हैं।
- पुनर्भुगतान पर 7 प्रतिशत ब्याज सब्सिडी और डिजिटल लेनदेन के लिए वार्षिक 1,200 रुपए तक का कैशबैक प्रदान किया जाता है, जिससे भारतीय स्ट्रीट वेंडर सशक्त होते हैं।

असंगठित क्षेत्र के 48.92 लाख से अधिक कामगारों ने ई-श्रम पोर्टल पर 3000 रुपयों के मासिक पेंशन हेतु पंजीकरण किया
Month
Jan 3000
Feb 3000
March 3000
April

47. श्रमयोगी का सम्मान : ई-श्रम का अध्याय

प्रधानमंत्री श्रम योगी मानधन सशक्तीकरण की एक जीवंत कहानी है, जो 18 से 40 वर्ष की आयु के असंगठित श्रमिकों को 15,000 रुपए या उससे कन की मासिक आय प्रदान करती है। ई-श्रम पोर्टल, 26 अगस्त, 2021 से एक उत्तरकुशल डिजिटल कृति है, जो स्व-घोषणा से कहानियों को सामने लाता है और राष्ट्रीय आधार-आधारित डेटाबेस बनाने में मदद करता है। 2019 में 60 वर्ष की आयु में भूमिहीनों और प्रवासियों तक पहुँचने के लिए एक पेंशन पहल शुरू की गई है। यह पहल न केवल वित्तीय सहायता का प्रतीक है, बल्कि सामाजिक सशक्तीकरण की ओर भी आगे ले जाती है, जो प्रत्येक असंगठित श्रमिक को परिवर्तन के प्रतिनिधि के रूप में दरशाती है। यह प्रगतिशील राष्ट्र के लिए रोजमर्रा की जिंदगी को गरिमा की तस्वीर में बदल देता है।

- ई-श्रम पोर्टल दिसंबर 2023 तक 30 व्यापक व्यवसाय क्षेत्रों में 400 व्यवसायों के तहत पंजीकरण की अनुमति देता है।
- दिसंबर 2023 तक इस पोर्टल पर 29.23 करोड़ से अधिक असंगठित श्रमिक पंजीकृत हो चुके थे।
- लाभार्थी 50 प्रतिशत (प्रवेश आयु के आधार पर 55 रुपए से 200 रुपए) का योगदान करते हैं और फिर केंद्र सरकार योगदान के लिए राशि का मिलान करती है।
- 49.72 लाख से अधिक असंगठित क्षेत्र के श्रमिकों ने 3000 रुपए की सुनिश्चित मासिक पेंशन पाने के लिए पंजीकरण कराया है।
- श्रमिक की आंशिक विकलांगता की स्थिति में 2 लाख रुपए का मृत्यु बीमा और 1 लाख रुपए की वित्तीय सहायता।

एससी/एसटी युवाओं के लिए उद्यमशीलता विकास कार्यक्रम
एससी/एससी युवा छात्रालय
PM अजय आदर्श ग्राम

48. सामाजिक न्याय : पी.एम.-अजय का जयघोष

'विकसित भारत' के केंद्र में सामाजिक विकास का सार है, जो वित्तीय वर्ष 2021-22 से प्रधानमंत्री अनुसूचित जाति अभ्युदय योजना द्वारा सन्निहित है। यह 100 प्रतिशत केंद्र प्रायोजित योजना एक परिवर्तनकारी कथा बुनती है, जिसमें तीन घटक शामिल हैं : एस.सी.-बहुल गाँवों को 'आदर्श ग्राम' में बदलना, जिला और राज्य-स्तरीय परियोजनाओं के लिए अनुदान प्रदान करना और उच्च शैक्षणिक संस्थानों में छात्रावासों का निर्माण करना। परिवर्तन का प्रतीक पी.एम.-अजय, कौशल विकास, आय सृजन और मजबूत बुनियादी ढाँचे की पेशकश करके एस.सी. समुदायों के भीतर गरीबी को कम करने की आकांक्षा रखता है। इस सामाजिक-आर्थिक तालमेल में समग्र विकास के लिए केंद्र प्रायोजित दृष्टिकोण के तहत सहायता के रूप में एस.सी.-बहुल गाँव समृद्धि के जीवंत केंद्र के रूप में उभर रहे हैं।'

- वित्तीय वर्ष 2021-22 से दिसंबर 2023 तक आदर्श गाँवों के विकास के लिए राज्यों को 1150.27 करोड़ रुपए जारी किए गए हैं।
- वित्तीय वर्ष 2023-24 के दौरान दिसंबर 2023 तक कुल 1260 गाँवों को आदर्श ग्राम घोषित किया गया है।
- वित्तीय वर्ष 2022-23 से दिसंबर 2023 तक 409 कौशल विकास हस्तक्षेप और 520 ढाँचागत विकास परियोजनाएँ स्वीकृत की गईं।
- दिसंबर 2023 तक इस योजना के तहत 103 छात्रावास प्रस्तावों और 1485 परियोजनाओं को मंजूरी दी गई है।
- अनुसूचित जाति के युवाओं को प्रोत्साहित करने के लिए प्रति लाभार्थी को 10,000 रुपए या 50 प्रतिशत की सब्सिडी प्रदान की जाती है।

साधनसमग्री के लिए
15,000 रुपएं का प्रोत्साहन
पीएम विश्वकर्मा योजना के लिए वित्तीय
निर्यातन वर्ष 2023 - 2024 से 2027 -
2028 तक 13,000 करोड़ रुपएं हैं।

49. प्रगति के औजार : पी.एम. विश्वकर्मा की पहल

सितंबर 2023 में अनावरण की गई पी.एम. विश्वकर्मा योजना 18 व्यवसायों का समावेश कर कारीगरों और शिल्पकारों की ओर मदद का हाथ बढ़ाती है और उन्हें 'विश्वकर्मा' के रूप में सम्मान देती है। मान्यता के साथ-साथ यह कौशल वृद्धि के द्वार भी खोलती है, अनुरूप प्रशिक्षण, आधुनिक उपकरण और जमानत-मुक्त ऋण तक पहुँच प्रदान करता है। ब्याज छूट, डिजिटल लेनदेन में प्रोत्साहन और ब्रांड प्रचार के लिए एक मंच के साथ यह समग्र तरीके से सहायता प्रदान करती है, जिससे कारीगर अपने काम का विस्तार करें। यह दूरदर्शी योजना उन हाथों और उपकरणों के लिए एक संकेत है, जो हमारे पारंपरिक शिल्प को आकार देते हैं—'अमृतकाल' में विश्वकर्मा को न केवल उपकरणों के साथ सशक्त बनाना, बल्कि प्रगति, उत्पादकता और समृद्धि के लिए उपकरणों के साथ, विकास और बाजार में पहुँचने के लिए नए क्षितिज का अनावरण करना है।

- वित्तीय वर्ष 2023-2024 से वित्तीय वर्ष 2027-28 तक योजना का वित्तीय बजट 13,000 करोड़ रुपए है।
- दिसंबर 2023 तक 3-चरणीय वेरिफिकेशन प्रक्रिया के बाद 1 लाख से अधिक 'विश्वकर्मा' सफलतापूर्वक पंजीकृत हो चुके हैं।
- यह टूलकिट प्रोत्साहन के रूप में 15,000 रुपए का अनुदान, प्रतिदिन 500 रुपए के वेतन के साथ 40 घंटे का बुनियादी कौशल प्रशिक्षण प्रदान करेगा।
- 18 महीने की पुनर्भुगतान समय सीमा (पहली अवधि) के साथ 1 लाख रुपए के जमानत-मुक्त उद्यम ऋण और 30 महीने की पुनर्भुगतान समय सीमा (दूसरी अवधि) के साथ 2 लाख रुपए के जमानत-मुक्त उद्यम ऋण।
- राष्ट्रीय मार्केटिंग समितियाँ उक्त पहल के अंतर्गत ब्रांडिंग और ई-कॉमर्स सहायता प्रदान करेंगी।

34.18 करोड़ से अधिक लाभार्थि पंजीकृत
मृत्यु होने पर नामांकित व्यक्ति को 2 लाख रूपए मिलते है
पीएम सुरक्षा बीमा योजना
PM सुरक्षा बीमा योजना

50. सुरक्षा का वादा : पी.एम. सुरक्षा बीमा योजना

दूरदर्शिता के साथ शुरू की गई पी.एम. सुरक्षा बीमा योजना सपनों के संरक्षक के रूप में खड़ी है, जो आकस्मिक मृत्यु और विकलांगता कवर की पेशकश करके अनिश्चितताओं के तूफान में एक सुरक्षा छत्र फहराती है। वित्तीय विवेक से परे, यह शहरी और ग्रामीण आकांक्षाओं को समान रूप से अपनाने का वादा है। यह सामाजिक सुरक्षा की यात्रा है, 2015 में शुरू की गई यह योजना सुनिश्चित करती है कि हर भारतीय आर्थिक साधन की चिंता किए बिना 'अमृतकाल' में आश्रय पाता रहे। यह सुनिश्चित करता है कि वित्तीय सुरक्षा एक विलासिता नहीं, बल्कि एक अधिकार है, जो जीवन की अनिश्चितताओं के बीच सभी के लिए सुलभ है।

- प्रत्येक वर्ष 1 जून से पहले लाभार्थी के बैंक खाते से प्रति सदस्य रु. 20 का प्रीमियम स्वचालित रूप से काट लिया जाएगा।
- मृत्यु पर नामांकित व्यक्ति को बैंक खाते में 2 लाख रुपए मिलेंगे।
- ग्राहक को दोनों आँखों की कुल हानि, दोनों हाथों या पैरों के उपयोग की हानि, या एक आँख की हानि और एक हाथ या पैर के उपयोग की हानि के लिए 2 लाख रुपए मिलते हैं।
- एक आँख की दृष्टि की पूर्ण और अपूरणीय हानि या एक हाथ या पैर के उपयोग की हानि, ग्राहक को 1 लाख रुपए मिलेंगे।
- अप्रैल 2023 तक 34.18 करोड़ से अधिक लाभार्थियों ने इस योजना के तहत पंजीकरण कराया है।

□

तकनीकी पटकथा

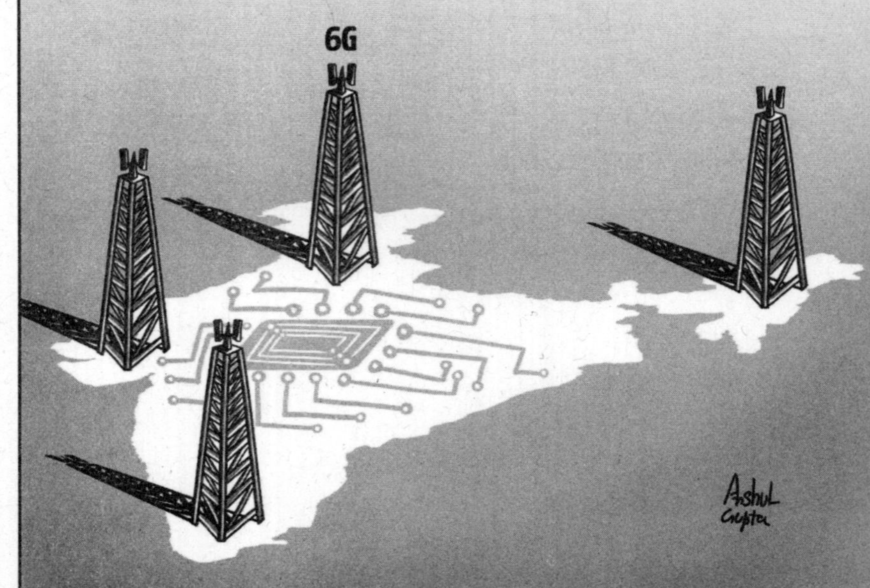

खंड-11

तकनीकी पटकथा

"दुनिया प्रौद्योगिकी-संचालित है। प्रौद्योगिकी में अपनी प्रतिभा के साथ भारत की वैश्विक मंच पर एक नई भूमिका और प्रभाव होगा।"

—प्रधानमंत्री श्री नरेंद्र मोदी

(स्वतंत्रता दिवस संबोधन, लाल किला, नई दिल्ली—15/08/2023)

2014 के बाद नए भारत के अंतरिक्ष बजट में
142% की वृद्धि हुई है।
ISRO
देश ने पिछले 9 वर्षों में 389 विदेशी उपग्रह लॉन्च करके
3300 करोड़ रुपये कमाए।
2020 से देश में 150+ स्पेस स्टार्टअप पंजीकृत हो चुके हैं,
जिससे युवाओं के लिए बड़े पैमाने पर रोजगार का सर्जन हो
रहा है।

51. अंतरिक्ष की उड़ान : भारत की खगोलीय उपलब्धियाँ

'अमृतकाल' युग में भारत न केवल विशिष्ट अंतरिक्ष क्लब में सम्मिलित है, बल्कि उनका नेतृत्व कर रहा है। 2014 के बाद से अंतरिक्ष बजट में उल्लेखनीय 142 प्रतिशत की वृद्धि के साथ आधुनिक भारत ने अंतरिक्ष अन्वेषण को गति देकर पहले प्रयास में ही मार्स ऑर्बिटल मिशन जैसी उपलब्धियाँ हासिल की हैं, एक ही मिशन में 104 उपग्रह लॉन्च करके पहली बार सौर मिशन में लारेंज प्वॉइंट में आदित्य-एल1 का सफल प्रक्षेपण किया है। समावेशिता को अपनाते हुए भारत ने 2020 में अंतरिक्ष क्षेत्र में गैर-सरकारी संस्थाओं के लिए दरवाजे खोले। अंतरिक्ष पॉलिसी 2023 भारत की अंतरिक्ष क्षमताओं और वाणिज्यिक उपस्थिति को बढ़ाकर सामाजिक-आर्थिक विकास तथा सुरक्षा पर ध्यान केंद्रित करते हुए 'अमृतकाल' में महत्त्वपूर्ण योगदान देती है। 2035 तक भारतीय अंतरिक्ष स्टेशन और 2040 तक गगनयान की योजना भारत के शानदार योगदान को दरशाती है।

- नीतिगत ढाँचे का लक्ष्य तकनीक के संचालक के रूप में अंतरिक्ष का उपयोग करके निकट भविष्य में वैश्विक अंतरिक्ष अर्थव्यवस्था में भारत की हिस्सेदारी को 2 प्रतिशत से बढ़ाकर 10 प्रतिशत करना है।
- अगस्त 2023 में भारत मात्र 600 करोड़ रुपए खर्च से चंद्रमा के दक्षिणी ध्रुव पर उतरने वाला दुनिया का पहला देश बन गया।
- इन-स्पेस, एक स्वायत्त सरकारी संगठन, विभिन्न हितधारकों के बीच व्यापार करने में आसानी सुनिश्चित करने के लिए देश में अंतरिक्ष गतिविधियों को बढ़ाने, मार्गदर्शन करने और अधिकृत करने के लिए अनिवार्य है।
- देश ने पिछले 9 वर्षों में 389 विदेशी सैटेलाइट लॉन्च करके देश ने 3,300 करोड़ रुपए कमाए, जबकि 2014 से पहले सिर्फ 35 सैटेलाइट ही थे।
- 2020 से देश में 150 से अधिक अंतरिक्ष स्टार्टअप पंजीकृत किए गए, जिससे युवाओं के लिए रोजगार के बड़े अवसर पैदा हुए हैं।

राष्ट्रीय क्वांटम मिशन को अप्रैल 2023 में प्रस्तुत किया गया था, जिसका बजट आवंटन 2023-24 से 2030-31 तक 6003.65 करोड़ रुपये है।

क्वांटम सामग्री का डिजाइन और संश्लेषण।

परमाणु प्रणालियों और परमाणु घड़ी का विकास।

वैज्ञानिक और औद्योगिक अनुसंधान में तेजी लाना।

52. तकनीकी प्रवर्तन : भारत का क्वांटम दूरदृष्टि

2047 तक 'विकसित भारत' को आकार देने में क्वांटम टेक्नोलॉजी की महत्त्वपूर्ण भूमिका की उम्मीद करते हुए क्वांटम टेक्नोलॉजी पॉलिसी 2023-24 से 2030-31 तक 6,003.65 करोड़ रुपए के आवंटित बजट के साथ अप्रैल 2023 में सामने आई। अगले आठ वर्षों में अभियान 'सुपर कंडक्टिंग' और फोटोनिक टेक्नोलॉजी जैसे विभिन्न प्लेटफॉर्म्स पर 50-1000 'फिजिकल क्यूबिट्स' की विशेषता वाले मध्यवर्ती स्केल के क्वांटम कंप्यूटर विकसित करने का प्रयास करता है। इसके अतिरिक्त क्वांटम कंप्यूटिंग, क्वांटम संचार, क्वांटम सेंसिंग और मेट्रोलॉजी तथा क्वांटम सामग्री एवं उपकरण में विशेषज्ञता वाले प्रमुख शैक्षणिक और राष्ट्रीय अनुसंधान एवं विकास संस्थानों में चार विषयगत केंद्र की स्थापना, 'अमृतकाल' के समय भारत को क्वांटम टेक्नोलॉजी क्षेत्र में एक वैश्विक अग्रेसर के रूप में स्थापित करने के लिए मिशन की प्रतिबद्धता को रेखांकित करती है।

- भारत और विश्व स्तर पर 2000 किमी. से अधिक दूरी पर 'सैटेलाइट बेस्ड सुरक्षित क्वांटम संचार' मिशन के प्रमुख लक्ष्यों में एक है।
- सटीक समय, संचार और नेविगेशन के लिए परमाणु प्रणालियों और एटॉमिक क्लोक्स घड़ियों में उच्च संवेदनशीलता वाले मैग्नेटोमीटर विकसित करने पर ध्यान केंद्रित किया गया है।
- यह मिशन क्वांटम डिवाइस के निर्माण के लिए सुपर कंडक्टर्स और टोपोलॉजिकल सामग्री, जैसे क्वांटम सामग्री के डिजाइन और संश्लेषण का समर्थन करता है।
- इस मिशन इनोवेशन को बढ़ाकर वैज्ञानिक और औद्योगिक अनुसंधान एवं विकास को गति देता है।
- यह प्रमुख राष्ट्रीय प्राथमिकताओं और सतत विकासशील लक्ष्यों के अनुरूप है।

लॉन्च के सिर्फ एक साल में 3,90,000+ टावर्स, यानी अमेरिका और यूरोप जैसे देशों से भी अधिक।
अंतरराष्ट्रीय दूरसंचार संघ नए भारत के वैश्विक नेतृत्व की स्थापना करेगा, जो सतत डिजिटल परिवर्तन के मार्ग को प्रशस्त करेगा।
5जी
6जी आर एंड डी
5जी तकनीक 7000+ शहरों और नगरों में शुरू हो चुकी है

53. आत्मनिर्भर संचार : 5जी, 6जी तकनीक का प्रवर्तन

एक ऐसा युग बीत चुका है, जब भारत नए युग की तकनीक के लिए विदेशी खिलाड़ियों पर निर्भर था; नए भारत ने 'अमृतकाल' में आत्मनिर्भर बनने के लिए बड़े पैमाने पर कदम उठाए हैं। स्वदेशी 5जी प्रौद्योगिकी मोबाइल दूरसंचार क्षेत्र में एक पीढ़ीगत बदलाव है। जबकि इसका सबसे तेज कार्यान्वयन अक्तूबर 2022 में शुभारंभ होने के बाद से दुनिया के लिए एक उदहारण रहा है, भारत ने पहले ही मार्च 2023 में अपना 6जी आर.एंड डी. टेस्ट बेड और 6जी विजन डॉक्यूमेंट का शुभारंभ कर दिया है। जनवरी 2024 तक भारत ने 'इंडिया स्टैक' और डी.पी.आई. की पेशकश के लिए 10 देशों के साथ समझौता ज्ञापन पर हस्ताक्षर किए हैं। देश ने एक रिकॉर्ड समय में दुनिया के शीर्ष तीन 5जी इकोसिस्टम में शामिल होने के लिए एक बाधित दूर संचार क्षेत्र से एक स्थिर दूर संचार शासन तक एक लंबा सफर तय किया है।

- 5जी तकनीक ने 1 वर्ष में 3,90,000+ टावरों के साथ 7,000+ शहरों में रोल आउट किया, जो अमेरिका और यूरोप से अधिक है।
- 18 देश भारत के 4जी-5जी स्टैक में रुचि रखते हैं, वैश्विक स्तर पर 1 लाख के मुकाबले भारत में 1 मिलियन कॉल के लिए परीक्षण।
- दिल्ली में अंतरराष्ट्रीय दूरसंचार संघ क्षेत्र कार्यालय और इनोवेशन केंद्र का उद्घाटन, नए भारत के वैश्विक नेतृत्व को प्रशस्त करता है।
- 5जी अनुप्रयोगों के लिए 100 नई 5जी लैब, भारत की विशिष्ट जरूरतों के अनुसार विकसित की जाएगी।
- 6जी टेस्ट बेड शैक्षणिक संस्थानों, उद्योग, स्टार्ट-अप और उद्योग के लिए विकसित आई.सी.टी. प्रौद्योगिकी का परीक्षण करेगा।

SENT
RECIEVED
दुनियाभर के उपयोगकंर्ता एक तिसरा विकल्प पाएंगे, जिससे अमेरिकी मोबाइल ऑपरेटिंग सिस्टम जो एंड्रॉयड और iOS को टक्कर देगा।
6:00 PM
BharOS
भारत ओएस
मेड इन इंडिया
BHAROS एक भारत सरकार द्वारा निधिकृत परियोजना है जो एक मुफ्त और मुक्त मोबाइल ऑपरेटिंग सिस्टम विकसित करने का उद्देश्य रखती है, जिससे विदेशी प्रावधानों की आवश्यकता नहीं रहेगी।
अधिक जानकरी
यह भारतीय नागरिकों के डेटा की सुरक्षा करेगा, यह सुनिश्चित करेगा कि उपयोगकर्ताओं के लिए बेहतर गोपनीयता और सुरक्षा हो।
एंड्रॉयड जैसे स्वामित्व वाले ऑपरेटिंग सिस्टम का उपयोग करने के साथ आने वाली पऐप्स और सीमाओं से मुक्त है भार ओएस।

54. भारत ओ.एस. : भविष्य की डिजिटल लिपि का निर्माण

भारत में 2023 में 1 अरब से अधिक स्मार्टफोन उपयोगकर्ता थे, जिसके 2040 तक 1.5 बिलियन के आँकड़े को पार करने की उम्मीद है। जहाँ भारत ने तकनीकी प्रगति में नए वैश्विक मानक स्थापित किए हैं, वहीं भारत ओ.एस. आत्मनिर्भर भारत के शीर्ष में एक और उपलब्धि है। यह एक ए.ओ.एस.पी. आधारित मोबाइल ऑपरेटिंग सिस्टम है, जिसे आई.आई.टी. चेन्नई द्वारा इनक्यूबेट स्टार्टअप्स द्वारा विकसित किया गया है। एक ऐसे युग में जहाँ डेटा सबसे मूल्यवान वैश्विक संसाधन है, यह स्वदेशी ऑपरेटिंग सिस्टम मोबाइल फोन में अधिक सुरक्षित कार्यों को सक्षम करेगा। भारत ओ.एस. या भार.ओ.एस. डिजिटल इंडिया के दृष्टिकोण का प्रतीक है, जो 'अमृतकाल' में अवसरों के द्वार खोलता है।

- भार.ओ.एस. एक भारतीय सरकार द्वारा वित्तपोषित प्रोजेक्ट है, जिसका उद्देश्य विदेशी खिलाड़ियों पर निर्भरता को कम करने के लिए एक फ्री और ओपन-सोर्स मोबाइल ऑपरेटिंग सिस्टम विकसित करना है।
- भार.ओ.एस. उन बाधाओं और सीमाओं से फ्री है, जो एंड्रॉइड जैसे मालिकाना ऑपरेटिंग सिस्टम का उपयोग करने के लिए आती हैं।
- यह उपयोगकर्ताओं के लिए बेहतर गोपनीयता और सुरक्षा करते हुए बहु राष्ट्रीय फर्मों से भारतीय नागरिकों के डेटा की रक्षा करेगा।
- विश्व उपयोगकर्ता आधार के पास एंड्रॉइड और आई.ओ.एस. जैसे अमेरिकी मोबाइल ऑपरेटिंग सिस्टम के मुकाबले तीसरा विकल्प होगा, जो देश को एक बड़ा आर्थिक लाभ प्रदान करेगा।
- इसमें कोई डिफॉल्ट मोबाइल एप्लिकेशन नहीं होगा और उपयोगकर्ताओं के पास अपने डिवाइस पर ऐप्स की अनुमतियों पर अधिक नियंत्रण होगा।

इसमें 15-25 प्रख्यात शोधकर्ता एवं जानकर शामिल होंगे।
नीतिगत ढांचा
नीति
सोध
चौथी रैंक
2023
40th
76th
2014
सहयोग को प्रोत्साहित करेगा
इसमें प्राकृतिक विज्ञान सहित गणितीय विज्ञान, विज्ञान और तकनीक, पर्यावरण और पृथ्वी विज्ञान, और स्वास्थ्य और कृषि शामिल है।
2023-2028 के लिए 50,000 करोड़ रुपये, जिसमें 11% बजट टियर 2 और 3 संस्थानों के निर्माण के लिए निर्धारित किया गया है।

55. इनोवेशन युग : अनुसंधान की प्रगतिशील योजना

नए भारत ने अनुसंधान क्षेत्र में अपनी क्षमता का प्रदर्शन करते हुए अनुसंधान में वृद्धि के लिए दुनिया में चौथे स्थान पर पहुँच गया है। वैश्विक इनोवेशन इंडेक्स में 2014 में 76वें स्थान से 2023 में 40वें स्थान पर इसकी महत्त्वपूर्ण प्रगति इनोवेशन क्षेत्र में इसके मजबूत प्रयासों को रेखांकित करती है। 'अनुसंधान' राष्ट्रीय अनुसंधान फाउंडेशन राष्ट्रीय शिक्षा नीति-2020 के दिशा-निर्देशों के अनुसार अभिनव प्रयोगों के लिए एक उच्च स्तरीय रणनीतिक रोड मैप को बढ़ाने के लिए गठित एक शीर्ष सरकारी निकाय है। यह अनुसंधान और विकास क्षेत्र में नए भारत के कद को बढ़ाकर देश को अनुसंधान और इनोवेशन के लिए विश्व फलक पर ले जाने के लिए तैयार है, जिससे स्वतंत्रता के 100 वर्षों में एक विकसित भारत का मार्ग प्रशस्त होगा।

- वर्ष 2023-28 के लिए अनुसंधान की अनुमानित लागत 50 हजार करोड़ रुपए है।
- इसमें गणितीय विज्ञान, विज्ञान और टेक्नोलॉजी, पर्यावरण और पृथ्वीविज्ञान और स्वास्थ्य और कृषि सहित प्राकृतिक विज्ञान शामिल होंगे।
- इसमें माननीय प्रधानमंत्री की अध्यक्षता वाले बोर्ड में बहु-विषयक पृष्ठभूमि के 15-25 प्रतिष्ठित शोधकर्ता और पेशेवर शामिल होंगे।
- यह नियामक प्रक्रियाओं को स्थापित करने के लिए एक नीतिगत ढाँचे पर जोर देता है, जो सहयोग को प्रोत्साहित करके अनुसंधान एवं विकास के लिए उद्योग बजट आवंटन को बढ़ाता है।
- इस पहल का उद्देश्य वैज्ञानिक अनुसंधान के लिए समान वित्त पोषण सुनिश्चित करना, सभी शैक्षणिक संस्थानों में अधिक से अधिक भागीदारी को बढ़ाता है, क्योंकि इसके बजट का 11 प्रतिशत टियर 2 और 3 संस्थानों के क्षमता निर्माण के लिए निर्धारित किया गया है।

□

विश्व मित्र

खंड-12

विश्व मित्र

'अमृतकाल' न केवल देश के लिए विकास और गौरव का काल होगा, बल्कि यह एक अवसर भी होगा, जब भारत दुनिया को दिशा देने में महत्त्वपूर्ण भूमिका निभाएगा।"

—प्रधानमंत्री श्री नरेंद्र मोदी

(राज्यसभा—07/12/2022)

भारत

56. जी-20 भारत : वसुधैव कुटुम्बकम्

भारत मंडपम में 'वसुधैव कुटुम्बकम्' विषय पर आधारित भारत की जी-20 अध्यक्षता पारंपरिक कूटनीति से परे है। संयुक्त राज्य अमेरिका और फ्रांस ने इसकी प्रशंसा की है, यह जी-20 भारत समावेशिता और लचीलेपन की एक स्थायी विरासत छोड़ता है। वैक्सीन संबंधी कमियों को दूर करके जलवायु परिवर्तन से मुकाबला करने तक भारत एक वैश्विक दक्षिण में एक पावर हाउस के रूप में उभर रहा है। 'अमृतकाल' में भारत विश्व मंच पर अपनी स्थिति को मजबूत करते हुए प्रभावशाली संकल्पों का नेतृत्व करता है। 60 शहरों में 220 बैठकों और 1.5 करोड़ लोगों को शामिल करने के साथ भारत की अध्यक्षता विशिष्ट रूप से सार्वजनिक भागीदारी को स्वीकार करती है। नई दिल्ली में प्रतिष्ठित 'भारत मंडपम' महत्त्वपूर्ण वैश्विक संकल्पों का केंद्रबिंदु बन गया है, जो एक एकजुट विश्व परिवार की प्रतिध्वनित आवाज के रूप में भारत के नेतृत्व की पुष्टि करके विकसित वैश्विक कथा में इसकी महत्त्वपूर्ण भूमिका को सुरक्षित करता है।

- 'नई दिल्ली घोषणा' : सभी 83 पैराग्राफ पर 100 प्रतिशत सहमति के साथ अपनाया गया, यह ऐतिहासिक घोषणा थी।
- जी-20 भारत में शिपिंग और रेलवे लिंक के लिए भारत-मध्य पूर्व-यूरोप आर्थिक कॉरिडोर की घोषणा की गई।
- भारत अफ्रीकी संघ को 21वें राष्ट्र के रूप में मान्यता देते हुए, जी-20 में स्थायी सदस्य के रूप में शामिल करने पर जोर देता है।
- भारत की जी-20 अध्यक्षता में स्टार्टअप 20 एंगेजमेंट ग्रुप का शुभारंभ हुआ, जो स्टार्टअप्स के लिए एक समर्पित मंच प्रदान करता है।
- नई दिल्ली घोषणा का प्राथमिक फोकस वैश्विक स्थिरता, लैंगिक समानता, वित्तीय स्थिरता और शांति निर्माण पर था।

भारत

57. वैश्विक बचाव : आपत्ति में भारत के त्वरित क्रियाएँ

2014 से भारत वैश्विक उथल-पुथल के समय अपने नागरिकों के लिए आश्वासन की किरण के रूप में उभरा है। 'प्रथम उत्तरदाता' के रूप में नामित, राष्ट्र ने 12 प्रभावशाली निकासी उदाहरण के लिए ब्रुसेल्स निकासी, सूडान में 'संकट मोचन', लीबिया में 'सुरक्षित घर वापसी', अफगानिस्तान में 'देवी शक्ति', कोविड के दौरान 'समुद्र सेतु' और सीरिया व तुर्की में 'दोस्त' जैसे अभियान भारत की अटूट प्रतिबद्धता का प्रमाण हैं। यह दृढ़ संकल्प महाद्वीपों में फैला हुआ है, एक निरंतर प्राथमिकता के रूप में नागरिकों की सुरक्षा पर जोर देता है। यह लेख 2014 के बाद के तीन मिशनों की पड़ताल करके डेटा और कथाओं का अनावरण करता है, जो प्रथम उत्तरदाता के रूप में भारत की भूमिका को उजागर करते हैं, अपने नागरिकों की भलाई सुनिश्चित करने में इसके तेज और व्यापक प्रयासों को प्रदर्शित करते हैं।

- सरकार और सशस्त्र बलों के नेतृत्व में 2015 के नेपाल भूकंप के बाद भारत के संयुक्त राहत मिशन ने 'ऑपरेशन मैत्री' के तहत 5,000 भारतीयों को सफलतापूर्वक बचाया और 170 विदेशियों को निकाला।
- संघर्षग्रस्त यमन में 'ऑपरेशन राहत' ने 5,600 फँसे हुए लोगों को सुरक्षित निकाला, जो भारत की प्रतिबद्धता को दरशाते हैं।
- 2022 के यूक्रेन युद्ध के दौरान ऑपरेशन गंगा ने 18 अन्य देशों से 25,000 भारतीयों और 147 नागरिकों को निकाला।
- भारत, जिसे दुनिया की फार्मेसी के रूप में जाना जाता है, ने 27 देशों को एचसीक्यू टैबलेट और चिकित्सा उपकरणों की आपूर्ति की। 'वैक्सीन मैत्री' के माध्यम से कोविड-19 के दौरान 101 देशों में 30.12 करोड़ खुराकें पहुँचीं।
- कोविड-19 प्रभावित देशों से 'वंदे भारत मिशन' के तहत 2.97 करोड़ भारतीयों को वापस लाया गया या सुविधा प्रदान की गई।

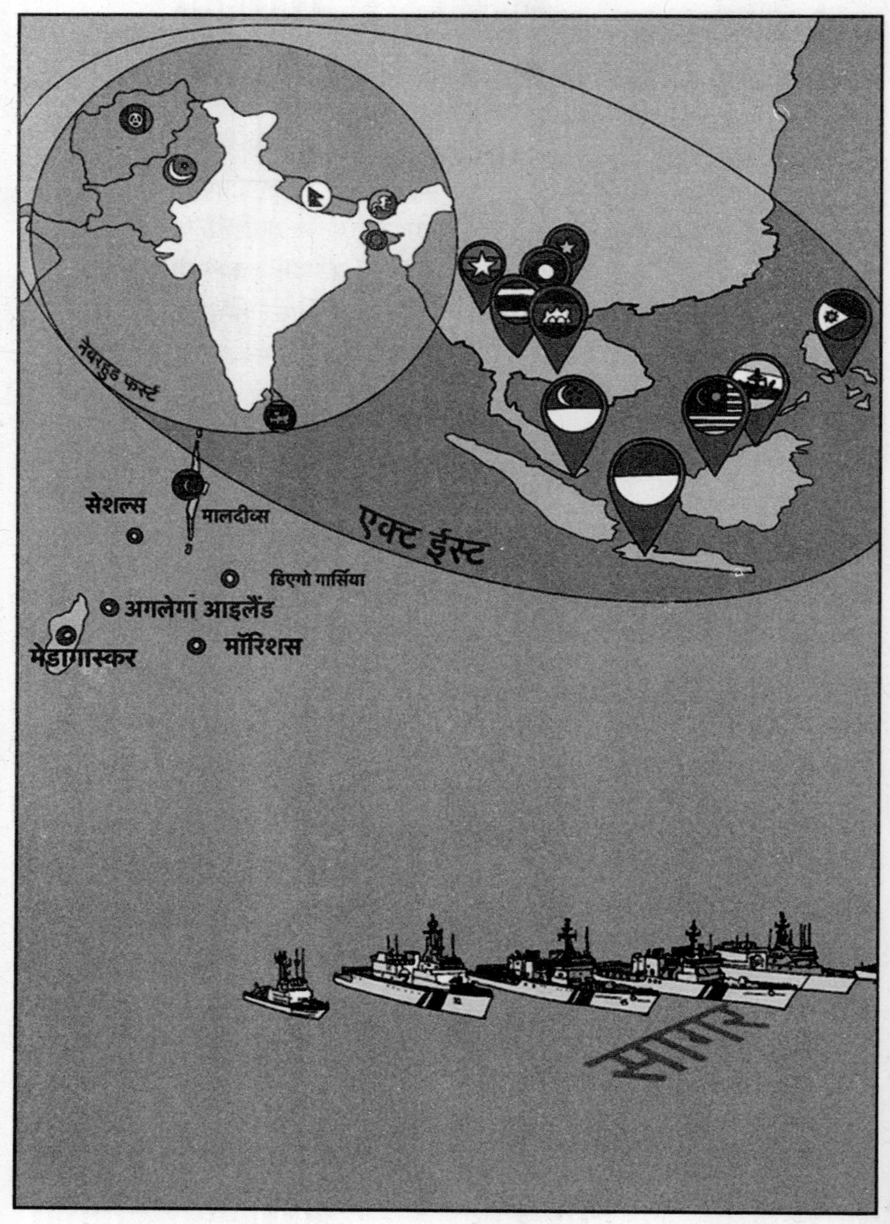
नेबरहुड फर्स्ट
एक्ट ईस्ट
सेशल्स
मालदीव्स
डिएगो गार्सिया
अगलेगा आइलैंड
मॉरिशस
मेडागास्कर

58. भारत की सुरक्षा और समृद्धि की वैश्विक रणनीति

भारत की विदेश नीति केवल कूटनीति से परे है, सक्रिय रूप से तीन प्रमुख पहलों के माध्यम से सुरक्षा और समृद्धि का एक रणनीतिक जाल बुनती है—सागर, पूरे क्षेत्र में समुद्री सुरक्षा सुनिश्चित करना; पड़ोसी पहले, निकटतम पड़ोसियों के साथ साझेदारी को प्राथमिकता देना; और एक्ट ईस्ट, दक्षिण-पूर्व एशिया के साथ सहयोग के पुलों का निर्माण। यह लेख इन पहलों के वास्तविक प्रभाव का विश्लेषण करता है, भारत को अपने व्यापक क्षेत्र से जोड़ने वाले धागे को उजागर करने के लिए सत्यापित डेटा और आख्यानों का उपयोग करता है, जो 'विकसित भारत' के उद्‌देश्य से साझा सुरक्षा और आपसी विकास के भविष्य को बढ़ावा देता है।

- भारतीय तट रक्षक बल के नेतृत्व में 'सागर' समुद्री डकैती विरोधी प्रयासों, खोज और बचाव मिशन तथा क्षमता निर्माण के माध्यम से क्षेत्रीय समुद्री सुरक्षा सुनिश्चित करता है।
- 'नेबर हुड फर्स्ट' 12 बिलियन डॉलर की 80 से अधिक परियोजनाओं के साथ क्षेत्रीय एकीकरण पर जोर देकर मैत्री सेतु आर्थिक संबंधों और विश्वास को बढ़ाता है।
- एक्ट ईस्ट 2022-23 में 125 बिलियन डॉलर के द्विपक्षीय व्यापार के साथ दक्षिण-पूर्व एशिया के साथ भारत के संबंधों को बढ़ावा देता है, जो 40 प्रतिशत की वृद्धि को दरशाता है।
- 'कनेक्ट सेंट्रल एशिया' 2023 में 2 बिलियन डॉलर से अधिक का निवेश करके संबंधों को गहरा करता है। उत्तर-दक्षिण परिवहन कॉरिडोर जैसी पहल क्षेत्रीय संपर्क और व्यापार विविधीकरण को बढ़ावा देती है।
- भारत एक शुद्ध सुरक्षा प्रदाता के रूप में उभरता है, जो पहलों के माध्यम से क्षेत्रीय स्थिरता को बढ़ावा देता है।

59. भारत की वैश्विक ऊर्जा साझेदारियाँ

अंतरराष्ट्रीय सौर गठबंधन (आई.एस.ए.) एक दिग्गज के रूप में उभरता है, जो सौर ऊर्जा को पृथ्वी की उत्तम ऊर्जा प्रेरणा के रूप में प्रस्थापित करने के लिए प्रतिगणित है। प्रधानमंत्री नरेंद्र मोदी द्वारा परिकल्पित और पेरिस में संयुक्त राष्ट्र जलवायु परिवर्तन सम्मेलन में अनावरण किया गया, यह पहल 2017 में 120 से अधिक देशों के साथ शुरू हुई। इस बीच 2023 में भारत के जी-20 अध्यक्षता में ग्लोबल बायोफ्यूल एलायंस में 19 देशों और 12 अंतरराष्ट्रीय संगठनों के बीच जैव ईंधन के लिए एक वैश्विक शिखर सम्मेलन का आयोजन करता है। प्रगति को उत्प्रेरित करने से लेकर ज्ञान की किरण बनने तक जी.बी.ए. दुनिया भर के हितधारकों के बीच सामंजस्य स्थापित कर 'अमृतकाल' के उज्ज्वल युग में भारत के वैश्विक नेतृत्व का अनावरण करता है।

- भारत सरकार आई.एस.ए. में आने वाले 10 मिलियन डॉलर के अलावा जीएसएफ में 25 मिलियन डॉलर का पूँजी निवेश करने का निर्णय लिया है।
- आई.एस.ए. की छठी असेंबली परियोजना व्यवहार्यता अंतरवित्त पोषण को 10 प्रतिशत से 35 प्रतिशत तक बढ़ाती है, जो प्रति परियोजना 1,50,000 अमेरिकी डॉलर या 10 प्रतिशत तक की पेशकश करती है।
- भारत ने शैवाल और सेल्युलोसिक इथेनॉल जैसे उन्नत जैव ईंधनों में अनुसंधान एवं विकास पर जोर देते हुए आई.बी.ए. के लिए 500 मिलियन डॉलर आवंटित किए हैं।
- वैश्विक सौर सुविधा 35 मिलियन डॉलर हासिल करती है, 2030 तक निवेश में 1.2 ट्रिलियन डॉलर को उत्प्रेरित करती है, जिसमें 33 जीडब्लू चालू और 57 से अधिक परियोजनाएँ हैं।
- आई.बी.ए. उन्नत जैव ईंधन तकनीक की कल्पना करता, स्थिरता को बढ़ावा देकर मानकों को आकार देता, ज्ञान को केंद्रित करके एक विशेषज्ञ केंद्र है।

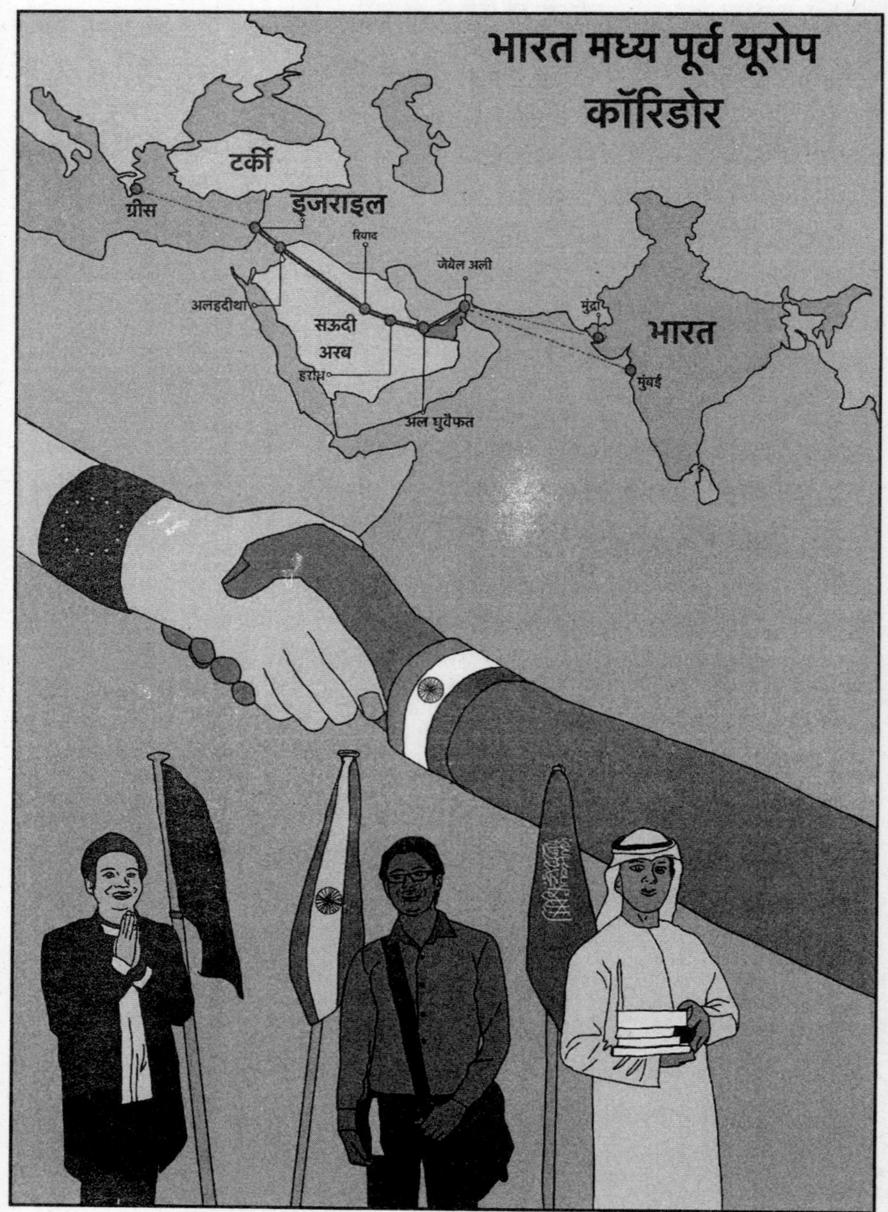
भारत मध्य पूर्व यूरोप कॉरिडोर
टर्की
ग्रीस
इज़राइल
रियाद
जेबेल अली
अलहदीथा
सऊदी अरब
मुंद्रा
भारत
मुंबई
अल घुवैफत

60. आई.एम.ई.सी. : यूरो—भारतीय प्रगति का मार्ग

2023 में शुरू किया गया भारतीय मध्यपूर्व यूरोप गलियारा (आई. एम.ई.सी.) पारंपरिक बुनियादी ढाँचा परियोजनाओं से परे है, जो आर्थिक, सांस्कृतिक और भू-राजनीतिक हितों के रणनीतिक संलयन का प्रतीक है। मध्यपूर्व और भूमध्यसागर में चुने हुए क्षेत्रों के माध्यम से भारत के पश्चिमी तट को यूरोपीय बाजारों से निर्बाध रूप से जोड़ते हुए आई.एम.ई.सी. एक दशक के भीतर भारत-यूरोप व्यापार को तीन गुना करने के लिए एक परिवर्तनकारी वेब सेट है, जो 2033 तक 240 बिलियन डॉलर तक पहुँच गया है। सांख्यिकी से परे, आई.एम.ई.सी. विविध समुदायों में अवसरों और नौकरियों को बढ़ावा देने, साझा आर्थिक समृद्धि की ओर बदलाव का प्रतीक है। यह वैश्विक परिदृश्य में एक गहन परिवर्तन का प्रतीक है, जो रणनीतिक संपर्क और सहयोग के माध्यम से एक पुनर्परिभाषित विश्व मानचित्र का वादा करता है।

- आई.एम.ई.सी. ने पर्यावरण के अनुकूल व्यापार के लिए बिजली, स्वच्छ हाइड्रोजन और हाई-स्पीड डेटा केबल को एकीकृत करते हुए भारत-यूरोप की दूरी में 40 प्रतिशत की कटौती की है।
- कॉरिडोर में 400 बुनियादी ढाँचा परियोजनाओं की पहचान की गई है, जिससे आर्थिक अवसर खुलेंगे।
- 2030 तक सालाना 12 मिलियन टन कार्गो की निर्बाध आवाजाही, कनेक्टिविटी को बढ़ावा देना।
- 2023 से छात्र विनिमय कार्यक्रमों में पाँच गुना वृद्धि, सांस्कृतिक आदान-प्रदान को बढ़ावा देना।
- कॉरिडोर के साथ 20 अनुसंधान केंद्र स्थापित किए गए हैं, जो ज्ञान साझा करने और नवाचार को बढ़ावा देते हैं।

□

रक्षा शक्ति

खंड-13

रक्षाशक्ति

“भारत युद्ध को अंतिम उपाय मानता है; शांति के लिए ताकत जरूरी है, हमारी सेनाओं के पास रणनीति भी है और ताकत भी है। अगर कोई हम पर बुरी नजर डालने की हिम्मत करेगा तो दुश्मन को उसी की भाषा में मुँहतोड़ जवाब देना हमारी त्रिभुज सेनाएँ भलीभाँति जानती हैं।”

—प्रधानमंत्री श्री नरेंद्र मोदी

(सैनिकों को दीवाली संबोधन, कारगिल—24/10/2022)

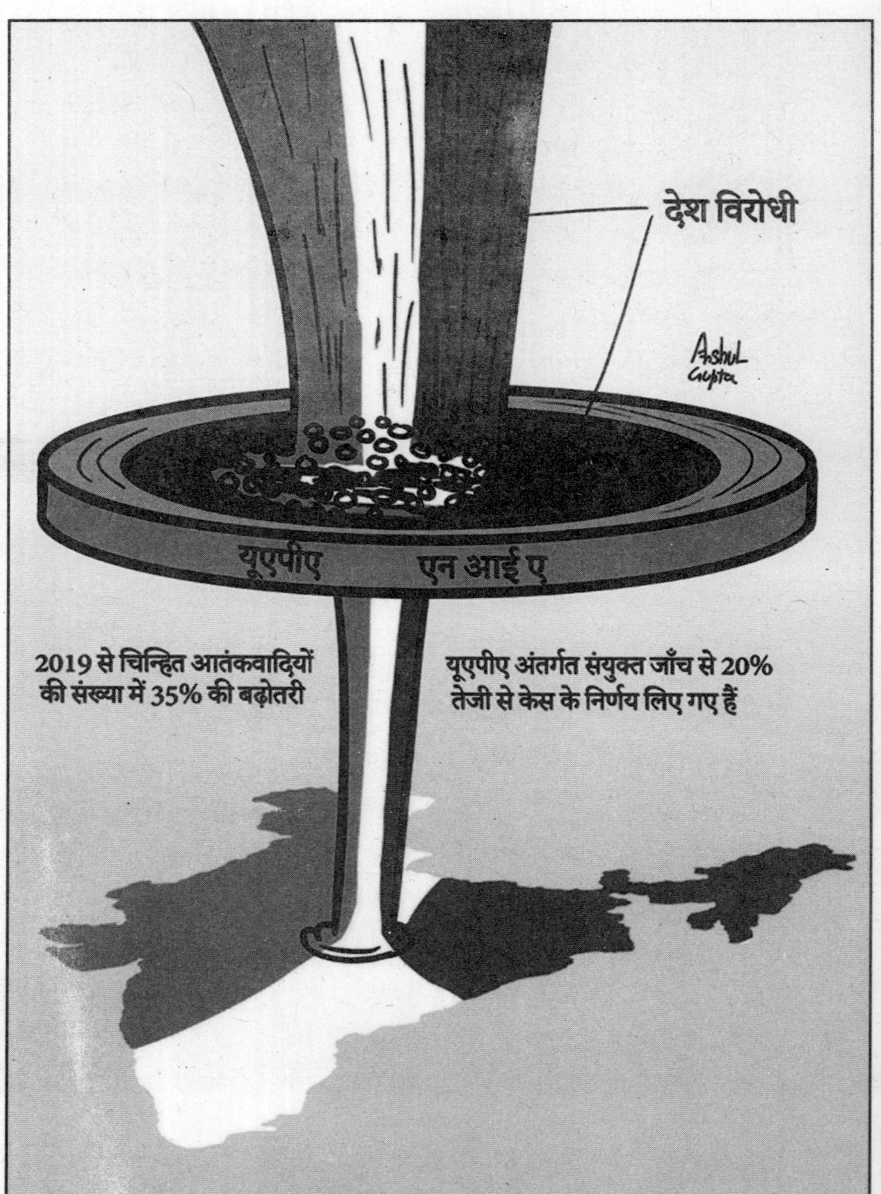
देश विरोधी
Ashul Gupta
यूएपीए
एन आई ए
2019 से चिन्हित आतंकवादियों की संख्या में 35% की बढ़ोतरी
यूएपीए अंतर्गत संयुक्त जाँच से 20% तेजी से केस के निर्णय लिए गए हैं

61. राष्ट्रीय सुरक्षा और कानूनी परिवर्तन : यू.ए.पी.ए. और एन.आई.ए. ऐक्ट

भारत की आतंकवाद के खिलाफ चल रही लड़ाई में एक गतिशील दृष्टिकोण आवश्यक है, जैसा कि गैरकानूनी गतिविधि (रोकथाम) अधिनियम (यू.ए.पी.ए.) और राष्ट्रीय जाँच एजेंसी (एन.आई.ए.) अधिनियम द्वारा विकसित परिदृश्य से पता चलता है। 2019 में अधिनियमित संशोधनों से कानूनी क्षेत्र में महत्त्वपूर्ण बदलाव के साथ 2023 में विकास सहित उनके हुए प्रभाव का समग्र मूल्यांकन महत्त्वपूर्ण है।

- यू.ए.पी.ए. का व्यापक विस्तार अब आतंकी फंडिंग का आवरण करता है, नामित आतंकवादियों में 35 प्रतिशत की वृद्धि हुई; यही नहीं, इसके द्वारा समर्थन नेटवर्क को बड़े रूप में बाधित किया है।
- एन.आई.ए. जाँच के लिए विशेष अदालतें उम्मीद की किरण के समान हैं और नए कानून के अनुसार तीन अत: निर्णय प्रक्रिया पूर्ण होना असरदार होगा।
- दिसंबर 2023 तक एन.आई.ए. की बढ़ी हुई शक्तियों के परिणामस्वरूप 2019 से आतंकवाद के वित्तपोषण से जुड़ी 350 से अधिक संपत्ति जप्त की गई, जिससे वित्तीय प्रवाह प्रभावी रूप से बाधित हुआ।
- यू.ए.पी.ए. मामलों के तहत राज्य पुलिस के साथ संयुक्त टीमों ने समन्वय में सुधार किया, जिससे दिसंबर 2023 तक मामले खत्म और बंद होने में 20 प्रतिशत की वृद्धि हुई।
- यू.ए.पी.ए. जाँच उचित प्रक्रिया पर जोर देती है, बिना किसी आरोप के लंबे समय तक हिरासत में रखने की घटनाओं को कम करती है।

Anshul Gupta
सीआरपीसी
भारतीय नागरिक सुरक्षा संहिता

62. भारतीय नागरिक सुरक्षा संहिता 2023 : न्याय का विऔपनिवेशीकरण

दिसंबर 2023 में इस अधिनियमन के साथ भारतीय नागरिक सुरक्षा संहिता (बी.एन.एस.एस.) भारत के कानूनी परिदृश्य में एक महत्त्वपूर्ण बदलाव का प्रतीक है। औपनिवेशिक युग की दंड प्रक्रिया संहिता को प्रतिस्थापित करते हुए यह व्यापक संहिता एक परिवर्तनकारी दृष्टि का प्रतीक है, इस संहिता के तहत नागरिक सुरक्षा और एक सुव्यवस्थित न्याय प्रणाली दोनों को प्राथमिकता दी गई है। बी.एन.एस.एस. न केवल जाँच प्रक्रियाओं और कानूनी प्रक्रियाओं को फिर से परिभाषित करता है, बल्कि पीड़ितों की सुरक्षा और सामुदायिक जुड़ाव को भी बढ़ाता है, जिसका उद्देश्य अमृतकाल कानून प्रवर्तन के लिए अधिक कुशल, न्यायसंगत और मानवीय दृष्टिकोण तैयार करना है।

- अनिवार्य फोरेंसिक जाँच साक्ष्य विश्लेषण को बढ़ाती है, गवाह की गवाही पर निर्भरता को कम करती है और दोष साबित होने के दर को बढ़ाती है।
- न्यायपालिका की देखरेख में विस्तारित हिरासत की शक्तियाँ, महत्त्वपूर्ण मामलों में तेजी से कारवाई करने में सक्षम बनाती हैं, जिससे संभावित रूप से आपराधिक गतिविधि को रोका जा सकता है।
- 180 दिनों में आरोप-पत्र दायर करना होगा, और मजिस्ट्रेटों को 14 दिन में संज्ञान लेना होगा, जिससे कम देरी होगी और न्यायिक दक्षता में सुधार होगा।
- स्पष्ट दिशा-निर्देश जमानती अपराध योग्य व्यक्तियों के लिए स्वतंत्रता तक तेजी से पहुँच प्रदान करते हैं, जिससे जेल में संख्या अधिक नहीं हो पाती है।
- गवाह सुरक्षा उपाय, सुव्यवस्थित प्रक्रियाएँ और बेहतर सूचना साझाकरण पीड़ितों को सशक्त बनाता है; सहायता वसूली, अभियोजन को मजबूत करता है और ए.आई. के माध्यम से संसाधन आवंटन को अनुकूल करता है।

अग्निपथ = युद्ध तैयारियों में 15% की बढ़ोतरी
अग्निपथ
Ashok Gupta

63. अग्निपथ : सशक्त बल, समर्थ युवा

जून 2022 में शुरू की गई 'अग्निपथ' योजना के साथ भारत के सैन्य परिदृश्य में जबरदस्त परिवर्तन आया है। इस अनूठी पहल के अंतर्गत 17-21 वर्ष की आयु के युवा भारतीयों को 'टूर ऑफ ड्यूटी' मॉडल के तहत सेना में भरती किया जाता है, जो चार साल तक 'अग्निवीर' के रूप में कार्य करता है। इस अवधि के बाद, 25 प्रतिशत को नियमित सेवा के लिए रखा जाएगा, जबकि शेष 75 प्रतिशत युवाओं को मूल्यवान कौशल और वित्तीय लाभों से परिपूर्ण क्षेत्र में भेजा जाएगा। इस योजना का उद्देश्य बलों में युवा ऊर्जा का संचार करना, पेंशन लागत को कम करना और उद्योग के लिए प्रशिक्षित युवाओं का एक समूह बनाना है। अब आइए, अग्निपथ के पाँच प्रमुख प्रभावों पर ध्यान दें, जो सत्यापित सरकारी आँकड़ों द्वारा समर्थित हैं—

- सैनिकों की औसत आयु को कम करके अग्निपथ का उद्देश्य अनुकूलनशीलता को बढ़ाना है, जो पारंपरिक भरतियों की तुलना में अग्निवीरों के साथ इकाइयों के बीच युद्ध की तैयारी में 15 प्रतिशत की वृद्धि का संकेत देता है।
- अग्निवीर तकनीकी कौशल, नेतृत्व और अनुशासन में व्यापक प्रशिक्षण प्राप्त करते हैं, जिससे वे विभिन्न क्षेत्रों में रोजगार योग्य बन जाते हैं।
- अग्निवीरों को प्रतिस्पर्धी वेतन व वार्षिक वेतन वृद्धि के साथ चार साल बाद 11.71 लाख रुपए का एकमुश्त एग्जिट पैकेज भी मिलता है।
- अपने पहले अग्निपथ प्रवेश में, भारतीय सेना ने फरवरी 2023 तक दो बैचों में 40,000 अग्निवीरों और भारतीय वायु सेना और भारतीय नौसेना में प्रत्येक में 3,000 युवाओं को शामिल किया।
- 'टूर ऑफ ड्यूटी' मॉडल सरकार के लिए दीर्घकालिक पेंशन देयता को कम करता है, जिससे 2027 तक सालाना 5,000 करोड़ रुपए की बचत होगी।

इंद्र एम के 2 रडार
एके 203
Anshul Gupta

64. आत्मनिर्भर रक्षा : नए भारत के शस्त्र

दशकों से भारत के सशस्त्र बल दूसरे देशों से लाए गए हथियारों और वाहनों पर बहुत अधिक निर्भर थे, जो अनिश्चित भू-राजनीतिक परिस्थितियों के परिदृश्य में कमजोरी या भेद्यता के समान था। इस निर्भरता को खत्म करते हुए भारत ने एक साहसिक अभियान शुरू किया है : सैन्य हार्डवेयर का स्वदेशीकरण, यानी सेना के द्वारा उपयोग किए जाने वाले वाहनों और हथियारों का देश में निर्माण। 2015 में शुरू किया गया 'मेक इन इंडिया' कार्यक्रम रक्षा उपकरणों के घरेलू उत्पादन को प्राथमिकता देता है, जिसका उद्देश्य भारत को आत्मनिर्भर सैन्य शक्तियों की प्रतिष्ठित दौड़ में आगे लाना है। यह महत्त्वाकांक्षी पहल न केवल रणनीतिक स्वतंत्रता बल्कि आर्थिक और तकनीकी प्रगति भी प्रदान करती है। आइए, इस परिवर्तनकारी कार्यक्रम के पाँच प्रमुख प्रभावों पर गौर करें :

- भारतीय सेना ने 2019 से 50 से अधिक तेजस लड़ाकू विमानों को शामिल किया है, जिससे हवाई लड़ाकू क्षमताओं में वृद्धि हुई है और बाहरी निर्भरता कम हुई है।
- भारतीय रक्षा क्षेत्र ने विनिर्माण और प्रौद्योगिकी विकास में वृद्धि के माध्यम से 50,000 से अधिक नौकरियों (2020-2023) का सृजन किया।
- आई.एन.एस. सूरत, उदयगिरी, महेंद्रगिरी और मोरमुगोआ के साथ ही भारत में निर्मित पहले विमान वाहक पोत आई.एन.एस. विक्रांत को हाल ही में भारतीय नौसेना में शामिल किया गया है।
- 155 मिमी. टोड होवित्जर-धनुष और तीसरी पीढ़ी के युद्ध टैंक—अर्जुन एम.बी.टी., पिनाका रॉकेट सिस्टम और नाग एंटी टैंक मिसाइल, रक्षा में भारत की आत्मनिर्भरता को काफी बढ़ाते हैं।
- 2023 से शुरू किए गए भारत में निर्मित स्वाथी रडार, लांजा एन 3डी नवाल रडार तटीय सुरक्षा को बढ़ाते हैं।

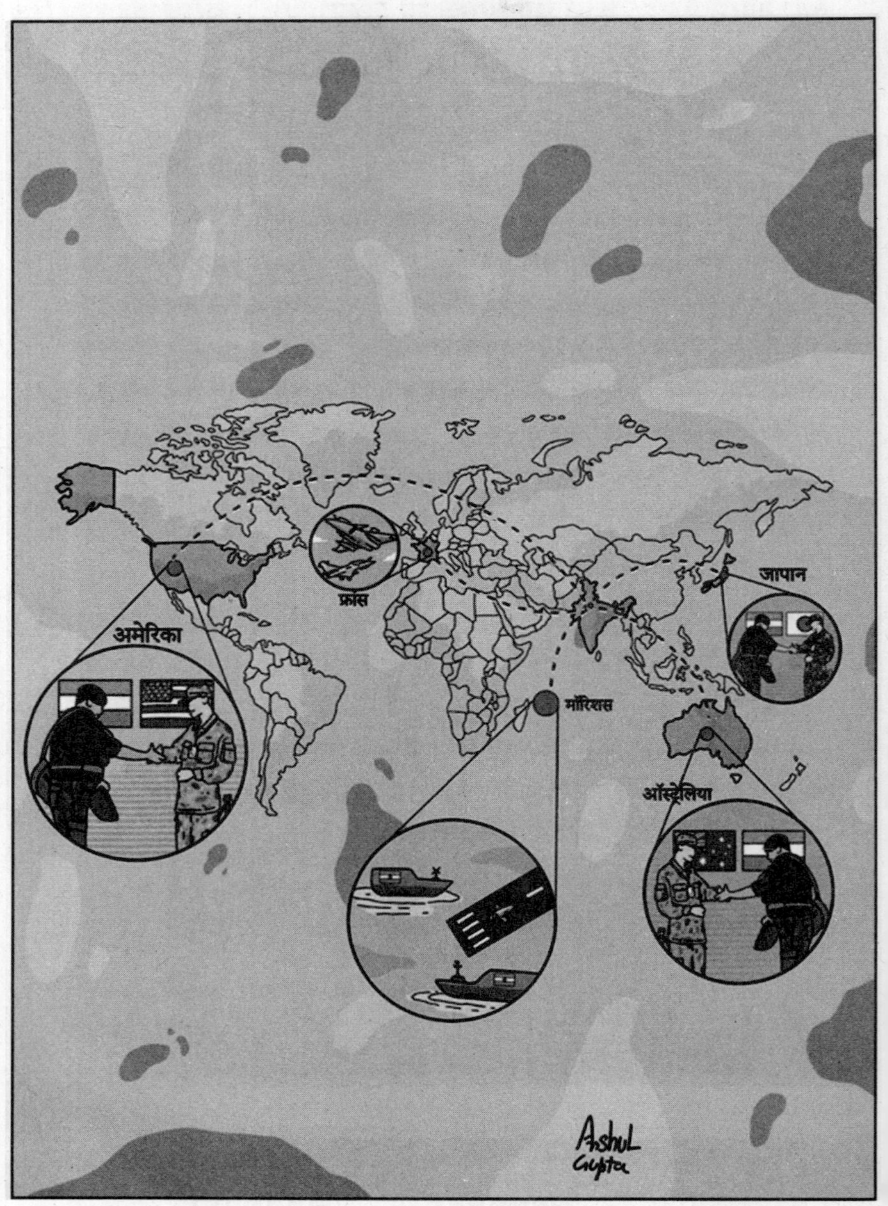
फ्रांस
जापान
अमेरिका
मॉरिशस
ऑस्ट्रेलिया
Ashul Gupta

65. वैश्विक रक्षा संबंध : भारत का रणनीतिक सहयोग

भारत ने विभिन्न देशों के साथ मजबूत सैन्य संबंध स्थापित किए हैं, जो 'विकसित भारत' के उद्देश्य से सहयोगी पहलों के माध्यम से वैश्विक शांति और सुरक्षा में योगदान देते हैं। प्रमुख भागीदारों में संयुक्त राज्य अमेरिका शामिल है, जिसमें मालाबार अभ्यास जैसे संयुक्त सैन्य अभ्यास अंतरसक्रियता को बढ़ाते हैं। रूस एक लंबे समय से सहयोगी बना हुआ है, जो प्रौद्योगिकी हस्तांतरण और रक्षा सहयोग को सुविधाजनक बनाता है। इजरायल उन्नत प्रौद्योगिकी और आतंकवाद विरोधी प्रयासों पर जोर देते हुए संयुक्त परियोजनाओं में जुड़ा है। इसके अतिरिक्त फ्रांस, जापान और ऑस्ट्रेलिया रणनीतिक ढाँचे को मजबूत करते हुए रक्षा सहयोग कार्यक्रमों में भाग लेते हैं। ये साझेदारियाँ अंतरराष्ट्रीय सुरक्षा गठबंधनों को बढ़ावा देने, आपसी हितों को बढ़ावा देने और 'अमृतकाल' में अधिक स्थिर तथा शांतिपूर्ण विश्व के लिए राजनयिक संबंधों को मजबूत करने हेतु भारत की प्रतिबद्धता को दरशाती हैं।

- भारत और फ्रांस ने जुलाई 2023 में संयुक्त जेट, हेलीकॉप्टर इंजन और स्कॉर्पीन पनडुब्बी निर्माण सहित अभूतपूर्व रक्षा परियोजनाएँ शुरू कीं।
- दक्षिण-पश्चिम हिंद महासागर क्षेत्र में शांति के लिए मॉरीशस के अगालेगा द्वीप पर 3 किमी. का नौसैनिक अड्डा और हवाई पट्टी स्थापित की गई।
- भारत ने 2023 में शुरू होने वाले उथुरूथिलाफालु बंदरगाह के 30 साल के विकास और प्रबंधन के लिए निर्माण शुरू किया।
- भारत और यू.एस. ने 2023 में GE 414 लड़ाकू जेट इंजन, स्ट्राइकर आर्मर्ड वाहनों और इंडस-एक्स का संयुक्त उत्पादन शुरू किया।
- आई.ए.आई. और बी.ई.एल. ने एयरो इंडिया 2023 में एम.आर. एस.ए.एम. समर्थन, रक्षा सहयोग बढ़ाने और भारतीय बलों के लिए सुरक्षा क्षमताओं को मजबूत करने के लिए एक समझौते पर हस्ताक्षर किए।

□

पृथ्वी संरक्षक

खंड-14

पृथ्वी के संरक्षक

"हमारी, वर्तमान पीढ़ी की जिम्मेदारी है कि हम आने वाली पीढ़ियों के भविष्य के लिए समृद्ध प्राकृतिक संपदा के ट्रस्टी के रूप में कार्य करें। यह मुद्दा केवल जलवायु परिवर्तन का नहीं है, बल्कि जलवायु न्याय के बारे में है।"

—प्रधानमंत्री श्री नरेंद्र मोदी

('संवाद'—संघर्ष निवारण और पर्यावरण जागरूकता पर वैश्विक हिंदू-बौद्ध की पहल—03/09/2015)

पिछले 9.5 साल में 25 लाख वाहन बेचे गए और विशेष रूप से 1.9 करोड़ पिछले 30 महीने में बेचे गए
1,15,379 इलेक्ट्रिक वाहन की बिक्री के लिए नवंबर 2023 तक 5,228 करोड रुपए की सब्सिडी को मंजूरी दी गई
1800 इलेक्ट्रिक वाहन के चार्जिंग स्टेशन 2023 तक कार्यरत हुए
पीएम ई-बस सेवा अंतर्गत 169 शहरों को 10000 इलेक्ट्रिक बस

66. हरित परिवहन : फेम और ई-अमृत

वार्षिक रूप से वाहन 290 गीगा वाट पी.एम. 2.5 का योगदान करते हैं, जिसमें भारत का परिवहन क्षेत्र कुल ग्रीन हाउस गैस उत्सर्जन के 8 प्रतिशत के लिए जिम्मेदार है। 'अमृतकाल' में 2030 तक 50 प्रतिशत नॉन-फॉसिल से बिजली क्षमता प्राप्त करने की दिशा में फेम और ई-अमृत जैसी पहल इलेक्ट्रिक वाहनों के विकास के लिए महत्त्वपूर्ण भूमिका निभाती हैं। ई-अमृत, एक विस्तृत पोर्टल है, जो ईवी पर जानकारी देता करता है, मिथकों को दूर करके खरीदारी, निवेश, नियमों और सब्सिडी जैसे पहलुओं का आवरण करता है। साथ ही 2019 से शुरू होने वाले पाँच वर्षों के लिए 10,000 करोड़ रुपए के बजट आवंटन के लिए, फेम ईवी को अपनाने में तेजी लाकर आवश्यक बुनियादी ढाँचे का विकास करता है और 'विकसित भारत' के विकास के लिए उत्पादन को बढ़ावा देता है।

- पिछले 9.5 वर्षों में 25 लाख से अधिक ईवी विशेष रूप से पिछले 30 महीनों में 19.7 मिलियन तक बेचे गए।
- नवंबर 2023 तक 1,153,079 इलेक्ट्रिक वाहनों की बिक्री के लिए 5,228.00 करोड़ रुपए की सब्सिडी दी गई।
- 1800 इलेक्ट्रिक वाहन चार्जिंग स्टेशन पहले से ही चालू हैं। 7,432 सार्वजनिक चार्जिंग स्टेशनों के लिए सब्सिडी में 800 करोड़ रुपए आवंटित किए।
- एम.एच.आई. ने 6,862 इलेक्ट्रिक बसों को मंजूरी दी; नवंबर 2023 तक एस.टी.यू. को 3487 ई-बसें सप्लाई की गईं।
- स्वीकृत 2021 पी.एल.आई. योजना में 5 और 50 गीगावॉट की उन्नत रसायन विज्ञान सेल बैटरियों के निर्माण के लिए 18,100 करोड़ रुपए रखे गए।

मिशन लाइफ
स्वच्छ, हरित भारत
जी २०
शिखर सम्मेलन
G20 समिट में भारत के मिशन लाइफ को स्वीकार किया गया
दैनिक जीवन में पर्यावरण अनुकूल जीवनशैली को बढ़ावा देना, जैसे कि सीढ़ियों और साइकिल का उपयोग शामिल है
2022-27 में भारत और दुनिया के एक अरब लोगों को इस अभियान से पर्यावरण अनुकूल जीवनशैली से प्रेरित करने का लक्

67. पर्यावरण अनुकूल जीवन : मिशन लाइफ का प्रभाव

मिशन लाइफ (LiFE) ग्लासग्लो में 2021 में 'कोप 26' शिखर सम्मेलन में पेश किया गया, जो स्वच्छ हरित भारत के लिए सतत अभ्यास को बढ़ाने, पर्यावरण के प्रति प्रधानमंत्री मोदी की दृढ़ प्रतिबद्धता को रेखांकित करता है। मोदीजी के अनुसार यह जलवायु चुनौतियों का समाधान करता है और उत्तरदायी जीवन के लिए, प्रकृति और प्रगति के बीच सामंजस्य को बढ़ावा देने पर जोर देता है। भारत का लक्ष्य 2027 तक नेट-शून्य उत्सर्जन पाने के लिए यह लाइफ (LiFE) लोगों की सामूहिक शक्ति से व्यक्तियों को स्वस्थ पर्यावरण और 'विकसित भारत' के विकास के लिए उनकी क्षमता के अनुसार स्वेच्छा से योगदान करने के लिए सशक्त बनाता है।

- भारत सरकार के पर्यावरण मंत्रालय और वित्त मंत्रालय ने एक ग्रीन क्रेडिट योजना शुरू की।
- मेरी लाइफ ऐप मिशन 'लाइफ' (LiFE) के लिए वैश्विक प्रगति ट्रैकिंग में क्रांतिकारी बदलाव लाने की दिशा में एक कदम है।
- भारत के मिशन 'लाइफ' (LiFE) को G 20 शिखर सम्मेलन की घोषणा में स्वीकार किया गया।
- सीढ़ियों और साइकिल जैसे दैनिक विकल्पों का उपयोग पर्यावरण समर्थक जीवन-शैली को बढ़ावा देता है।
- भारत और दुनिया के 1 अरब लोगों को इको-फ्रेंडली जीवनशैली के लिए 2027 तक प्रेरित करने का लक्ष्य।

पहले...
अब...
उज्वला योजना
LPG
एलईडी
उजाला योजना
योजना के शुभारंभ से दिसंबर 2023 तक उजाला योजना के अंतर्गत 47,880 मिलियन किलोवॉट की बचत की गई।
ऊर्जा दक्षता को बढ़ावा देते हुए पारंपरिक बल्ब और सीएफएल को एलईडी से बदला

68. उजाला उज्ज्वला : भारत में जीवन को उज्ज्वल बनाता

2014 से प्रधानमंत्री नरेंद्र मोदी के नेतृत्व में सरकार ने विभिन्न जनकल्याणकारी पहलों के माध्यम से जीवन की बेहतर गुणवत्ता के प्रयास किए हैं, 2015 में शुरू की गई 'प्रधानमंत्री उज्ज्वला योजना' का लक्ष्य पारंपरिक खाना पकाने के ईंधन को एल.पी.जी. से बदलना है। उज्ज्वला 1.0 और 2.0 ने लाभार्थियों को 10.35 करोड़ से अधिक (दिसंबर 2023 तक) सफलतापूर्वक एल.पी.जी. कनेक्शन प्रदान किए हैं, जिससे स्वच्छ और सुलभ ऊर्जा को बढ़ावा मिला है। इसी कड़ी में एक और प्रयास उजाला है, जो 2015 में शुरू किया गया दुनिया का सबसे बड़ा शून्य-सब्सिडी घरेलू प्रकाश कार्यक्रम है, जो पारंपरिक बल्बों और सी.एफ.एल. को एल.ई.डी. के साथ बदलकर ऊर्जा दक्षता को बढ़ाता है और सरकार अब तक 36.86 करोड़ (दिसंबर 2023 तक) एल.ई.डी. बल्ब बाँट चुकी है। सामाजिक सशक्तीकरण और लागत दक्षता से परे, ये योजनाएँ पर्यावरणीय कल्याण पर महत्त्वपूर्ण प्रभाव डालती हैं।

- उजाला योजना की शुरुआत से दिसंबर 2023 तक प्रतिवर्ष 47,880 मिलियन kWh की बचत की है।
- उजाला के लॉञ्च के बाद से दिसंबर 2023 तक प्रतिवर्ष 3.87 करोड़ टन CO_2 की कमी आई है।
- उज्ज्वला योजना के परिणामस्वरूप वायु प्रदूषण से होने वाली मौतों में 13 प्रतिशत की कमी आई है।
- 2018 में विश्व स्वस्थ्य संगठन ने घरों को स्वच्छ ऊर्जा में स्थानांतरित करने की उपलब्धि के लिए उज्ज्वला योजना की प्रशंसा की।
- उज्ज्वला योजना ने आवासीय ईंधन न जलाकर CO_2 के उत्सर्जन को कम कर दिया, जिसका योगदान 58 प्रतिशत हुआ करता था।

दृढ़ संकल्प से अमृत सरोवर योजना अंतर्गत प्रत्येक जिले में 75 तालाबों को पुनर्जीवित किया गया। जिसमें 1 साल में 50,000 से ज्यादा तालाब शामिल है

अमृत सरोवर अंतर्गत एक एकड़ क्षेत्रफल और 10,000 घन मीटर जल क्षमता वाले तालाब शामिल हैं

निर्धारित लक्ष्य के उपरांत दिसंबर 2023 तक 84,177 शुरू किए गए कार्यों में से 68,500 तलाब का कार्य पूर्ण किया गया

सिंचाई, मत्स्य पालन, बतख पालन, सिंघाड़े की खेती और जल पर्यटन इत्यादि जैसे कार्यों में उपयोगी होंगे सरोवर

69. तालाब पुनर्जीवन : अमृत सरोवर योजना की यात्रा

आजादी का अमृत महोत्सव की जीवंत प्रस्तुति में अमृत सरोवर योजना हमारे जलस्रोतों को फिर से जीवित करने की दिशा में एक दूरदर्शी पहल है, जिसे अगस्त 2022 में शुरू किया। इसने एक दृढ़ लक्ष्य के साथ सभी जिलों के 75 तालाबों को फिर से जीवित किया, जिससे अगस्त 2023 तक पूरे देश में 50,000 से अधिक जल निकायों में गूँजने वाली पुनर्जीवन कायाकल्प की भव्य तस्वीर तैयार हुई। उम्मीदों के परे, निर्धारित समय सिमा से पहले मई 2023 में यह उल्लेखनीय उपलब्धि न केवल सरकार की दृढ़ प्रतिबद्धता को दरशाती है, बल्कि अमृतकाल के सार को अपनाकर एक सुरक्षित और उज्ज्वल भविष्य के लिए विकसित भारत की यात्रा को एक जीवंत स्पर्श देती है।

- अमृत सरोवर में न्यूनतम 1 एकड़ के तालाब और 10,000 घन मीटर जल क्षमता वाले तालाब शामिल हैं।
- 10 दिसंबर, 2023 तक लक्ष्य को प्राप्त करके शुरू की गई 84,177 साइट्स में से 68,500 पूरी हो गईं।
- खोदी गई मिट्टी का उपयोग राजमार्ग मंत्रालय और रेल मंत्रालय द्वारा विभिन्न परियोजनाओं के लिए पुनः किया गया है।
- वर्षा जल संग्रहण के लिए महत्त्वपूर्ण, बड़े पैमाने पर अपवाह को कम करने में सफल रहे हैं।
- सिंचाई, मछली पालन, बत्तक पालन, सिंघाड़े की खेती, जलपर्यटन जैसी विभिन्न आवश्यकताओं को पूरा करता है।

2014 से वायु ऊर्जा उत्पादन 18 गुना बढ़कर नवंबर 2023 में 44.2 गीगावॉट उत्पादन के साथ भारत ने विश्व का चौथा क्रमांक हासिल किया
2023 भारत गौरवपूर्ण तरीके से विश्व का तीसरे सबसे वडा अक्षय ऊर्जा उत्पादक बनकर उभरा
2014 से भारत की सौर ऊर्जा उत्पादन क्षमता 25 गुना बढ़कर 72.01 गीगावॉट हुई। जिससे नवंबर 2023 में भारत विश्व का तीसरा सबसे बड़ा उत्पादक बनकर उभरा

70. अक्षय भारत : एक सतत ऊर्जा स्त्रोत

अमृतकाल के युग में विकसित भारत ने एक अत्याधुनिक अक्षय ऊर्जा के बुनियादी ढाँचे का अनावरण करते हुए स्थिरता की दिशा में एक परिवर्तनकारी यात्रा शुरू की है। प्रगतिशील सरकारी नीतियों द्वारा पोषित, यह पहल एक जीवंत भविष्य के रौशनी के लिए सौर, वायु और अन्य इको-फ्रेंडली स्त्रोतों की जीवनशक्ति का उपयोग करती है। यह समृद्ध और हरित कल के प्रति भारत की अटूट प्रतिबद्धता का प्रतीक है। भारत गर्व के साथ नवीकरणीय ऊर्जा के विश्व के तीसरे सबसे बड़े उत्पादक के रूप में उभरा है, इसको 43 प्रतिशत विद्युत् क्षमता नॉन-फॉसिल ईंधन से प्राप्त होती है, 2030 तक 450 गीगावॉट का महत्त्वकांक्षी लक्ष्य, जिसमें सौर ऊर्जा से 280 गीगावॉट, वायु ऊर्जा से 140 गीगावॉट और बायोएनर्जी से 10 गीगावॉट (2022 में पहले ही प्राप्त) शामिल है।

- भारत की सौर ऊर्जा क्षमता 2014 के बाद 25 गुना बढ़कर 72.01 गीगावॉट हो गई है, जो नवंबर 2023 तक वैश्विक स्तर पर तीसरे स्थान पर थी।
- पवन ऊर्जा का उत्पादन 18 गुना बढ़कर जो 2014 के बाद से 44.2 गीगावॉट हो गया है और नवंबर 2023 तक चौथा वैश्विक स्थान हासिल कर लिया है।
- बायोमास ऊर्जा उत्पादन में 131 प्रतिशत की उल्लेखनीय वृद्धि देखी गई है, जो 2014 के बाद से नवंबर 2023 तक 10.8 गीगावॉट तक हो गई।
- नवंबर 2023 तक भारत में नॉन-फॉसिल ईंधन ऊर्जा उत्पादन कुल 179.8 गीगावॉट है, जिसमें हाइड्रोपॉवर 46.8 गीगावॉट है, जो 2014 के बाद से 18.9 प्रतिशत दरशाता है।
- उपलब्धियों में नवंबर 2023 तक पी.एम. कुसुम के तहत 141.33 मेगावाट स्थापित सौर क्षमता, 2.78 लाख स्टैंड अलोन सौर पंप और 2,700 फीडर-स्तरीय सौर विद्युतीकरण शामिल हैं।

□

ग्रामोदय

खंड-15

ग्रामोदय

"हम गाँवों में लोगों के जीवन में बदलाव लाने के लिए प्रत्येक पैसे का अधिकतम उपयोग कैसे सुनिश्चित कर सकते हैं? यदि हम ऐसा करने में सक्षम हैं, तो आप देखेंगे कि कोई भी नागरिक पीछे नहीं रहेगा।"

—प्रधानमंत्री श्री नरेंद्र मोदी

(ग्रामीण भारत पर बजट योजनाओं के सकारात्मक प्रभाव पर वेबिनार—24/02/2022)

होमस्टे
कौशल विकास केंद्र
स्वागत

71. समृद्ध सीमाएँ : वाइब्रंट विलेज प्रोग्राम

इस कार्यक्रम का उद्देश्य पर्यटन, सांस्कृतिक विरासत और कौशल विकास के माध्यम से आजीविका को बढ़ावा देकर ग्रामीण परिवर्तन हासिल करना है। यह सहकारी समितियों की स्थापना पर ध्यान केंद्रित करता है, जो कृषि के विकास में काम करती हैं। इसका उद्देश्य ग्रामीण क्षेत्रों को सड़क मार्गों से जोड़कर प्रगति का मार्ग प्रशस्त करना है। भूमि सीमाओं के साथ 16 राज्यों और 2 केंद्र शासित प्रदेशों में फैली, यह पहल अंतरराष्ट्रीय सीमा से 0–10 किमी. के भीतर स्थित गाँवों के लिए एक संरक्षक के रूप में कार्य करती है, जो सामाजिक–आर्थिक जीवंतता को बढ़ावा देती है। इस पहल का उद्देश्य रोजगार पैदा करना और अंतिम छोर तक विकास का लाभ पहुँचाना सुनिश्चित करना है। इससे राष्ट्रीय सुरक्षा में अधिक वृद्धि हो सकती है और स्थानीय आर्थिक वृद्धि तथा विकास को बढ़ावा मिल सकता है, जिसकी 'अमृतकाल' के अंतर्गत कल्पना की गई है।

- इस योजना का उद्देश्य स्थानीय लोगों के लिए अवसर पैदा करते हुए सीमावर्ती गाँवों से लोगों के पलायन को रोकना है।
- इस कार्यक्रम के तहत 4 राज्यों और 01 केंद्र शासित प्रदेश के 19 जिलों के 46 सीमावर्ती ब्लॉकों में 2967 गाँवों की पहचान की गई है।
- 17 सीमावर्ती गाँवों को पर्यटन–स्थल के रूप में विकसित कर होम स्टे का निर्माण किया जाएगा।
- कुल बजट में से 2,500 करोड़ रुपए विशेष रूप से सड़क बुनियादी ढाँचे के निर्माण पर खर्च किए जाएँगे।
- अरुणाचल प्रदेश में 1022 किमी. लंबी सड़कों और पूर्वी फ्रंटियर हाइवे के निर्माण को जनवरी 2024 में वाइब्रेंट विलेज प्रोग्राम के अंतर्गत मंजूरी दी गई।

रुरबन अभियान एक उज्वल भविष्य के
निर्माण, एक कनेक्टेड भविष्य और
समावेशी समर्थ ग्रामीण भारत का
लक्ष्य रखता है

72. श्यामा प्रसाद मुखर्जी नेशनल रूर्बन मिशन : ग्रामीण विकास का पटल

2016 में शुरू किए गए रूर्बन मिशन का उद्देश्य शहरी और ग्रामीण क्षेत्रों के बीच विभाजन को कम करना है। यह गतिशील परिवर्तन का प्रतीक है, जो गाँव और शहरों की आवश्यकताओं को सामंजस्य प्रदान करता है। श्यामा प्रसाद मुखर्जी रूर्बन मिशन ग्रामीण समुदायों को संरक्षित करने की कल्पना करते हैं। 'रूर्बन क्लस्टर' में निकटवर्ती गाँवों को शामिल किया जा रहा है, जिसका लक्ष्य 2025 में 500 तक पहुँचाना है, ताकि समुदायों को समर्थता मिले। यह मिशन भारत के हृदय में एक समृद्धि की दिशा में महत्त्वपूर्ण रूप से योजना बनाता है, जिसमें समानता, समावेशिता और ग्रामीण-शहरी संबंधों को महत्त्वपूर्णता दी जाती है। यह 'अमृतकाल' के दौरान सकारात्मक विकास को प्रोत्साहित करने के लिए एक महत्त्वपूर्ण पहलू है।

- रर्बन मिशन के अनुसार, लगभग 30-40 लाख आबादी वाले 15-20 निकटवर्ती गाँवों को संदर्भित करता है।
- 2022-23 तक 18,000 करोड़ रुपए से अधिक के खर्च पर 298 रर्बन क्लस्टर स्वीकृत किए गए हैं।
- गाँवों को शहरी सुविधाएँ विकसित करने के लिए रर्बन क्लस्टर के तहत फंडिंग प्रदान की जाती है।
- कृषि-प्रोसेसिंग, शिक्षा, डिजिटल साक्षरता, सॉलिड और लिक्विड कचरा प्रबंधन, स्ट्रीट लाइट जैसी सुविधाएँ इस पहल के तहत विकसित की गई हैं।
- कौशल विकास, जैविक खेती, अक्षय ऊर्जा और समृद्ध पर्यावरण भविष्य में रर्बन समूहों को सशक्त बनाएँगे।

बैंक
%

73. सर्वस्पर्शी–सर्वव्यापी : जन समर्थ गेटवे

2022 में लॉन्च किया गया जन समर्थ पोर्टल एक डिजिटल गेटवे है, जो भारत में कल्याणकारी योजनाओं और सरकारी सेवाओं तक पहुँच को फिर से परिभाषित करता है। इसका उद्देश्य लाभ प्राप्त करने की प्रक्रिया को सुव्यवस्थित करके और समावेशिता सुनिश्चित करके नागरिकों, विशेषकर ग्रामीण क्षेत्रों के लोगों को सशक्त बनाना है। एक उपयोगकर्ता–अनुकूल इंटरफेस के माध्यम से, जन समर्थ पोर्टल पारदर्शिता और दक्षता को बढ़ावा देते हुए सरकारी पहल और जनता के बीच अंतर को पाटता है। यह नवोन्मेषी मंच डिजिटल रूप से सशक्त समाज के लिए एक प्रकाश–स्तंभ के रूप में खड़ा है, जहाँ व्यक्ति आसानी से नेविगेट कर सकते हैं और आवश्यक सेवाओं का लाभ उठा सकते हैं, जिससे पहुँच और अवसर के एक नए युग की शुरुआत होगी।

- दिसंबर 2023 तक यह 12 सरकारी योजनाओं के आवेदन जमा करने और 200+ सदस्य ऋण देने वाले संस्थानों के लिए एकल–खिड़की सुविधा रही है।
- इस पोर्टल पर शिक्षा, कृषि, व्यावसायिक गतिविधियों और आजीविका में ऋण योजनाएँ उपलब्ध हैं।
- यह लाभार्थियों को बैंक शाखाओं में बार–बार जाने की आवश्यकता के बिना, यात्रा के प्रत्येक चरण में अपडेट रखेगा।
- इसमें यू.आई.डी.ए.आई., सी.बी.डी.टी., एन.एस.डी.एल., एल.जी.डी., एन.ई.एस.एल. आदि जैसे प्लेटफॉर्म के साथ कई एकीकरण हैं।
- दिसंबर 2023 तक 8+ मंत्रालय और 10+ नोडल एजेंसियाँ इस पोर्टल के माध्यम से आम लोगों के लिए परिणामों को सुविधाजनक बनाने की प्रक्रिया को तेज करने में सफल रही हैं।

2.88+ लाख गाँवों में ड्रोन सर्वेक्षण
कर राजस्व में वृद्धि
2023 में 1 लाख सामान्य संसाधनों का मेपिंग किया गया
1.63 करोड़ से अधिक प्रॉपर्टी (संपत्ति) कार्ड वितरित
प्रॉपर्टी कार्ड

74. प्रगति के लिए जी.आई.एस. : स्वामित्व से ग्रामीण भारत का मैपिंग

भारत सरकार द्वारा 2021 में शुरू की गई स्वामित्व योजना ग्रामीण भूमि स्वामित्व में क्रांति लाने में सफल रही है। उन्नत प्रौद्योगिकी का उपयोग करते हुए यह व्यक्तिगत और सामुदायिक भूमि अधिकारों का मानचित्रण और रिकॉर्ड करता है तथा गैर-दस्तावेज भूमि जोत की ऐतिहासिक चुनौती का समाधान करता है। यह पहल ग्रामीण नियोजन के लिए सटीक भूमि रिकॉर्ड सुनिश्चित करती है, संपत्ति विवादों को कम करती है और ऋण के लिए संपत्ति के उपयोग को सक्षम करके नागरिकों को सशक्त बनाती है। यह संपत्ति कर निर्धारण में सहायता करता है, सर्वेक्षण बुनियादी ढाँचे को बढ़ाता है और जी.आई.एस. मानचित्रों के माध्यम से बेहतर गुणवत्ता वाली ग्राम पंचायत विकास योजनाओं का समर्थन करता है। उचित कागजी काररवाई सुनिश्चित करके और औपचारिक मान्यता प्रदान करके, स्वामित्व ग्रामीण भारत के परिदृश्य को नया आकार देते हुए आर्थिक और सामाजिक परिवर्तनों को खोलता है।

- दिसंबर 2023 तक 2.88+ लाख गाँवों को ड्रोन सर्वेक्षण द्वारा कवर किया गया, जिससे एक व्यापक डिजिटल भूमि रिकॉर्ड डेटाबेस तैयार किया गया है।
- दिसंबर तक 1.63 करोड़ से अधिक संपत्ति कार्ड वितरित किए गए, जिससे ग्रामीण ऋण पहुँच को बढ़ावा मिला है।
- 2023 में 1 लाख सामान्य संसाधनों का मानचित्रण किया गया, जिससे समुदायों को वनों और जल निकायों की रक्षा के लिए सशक्त बनाया गया। स्वामित्व के तहत अनुमानित लक्ष्य 2025 तक 3 लाख संसाधनों का मानचित्रण करना है।
- स्वामित्व योजना के तहत बनाए गए मानचित्र भू-संदर्भित मानचित्र हैं, जो ग्रामीण आबादी क्षेत्रों में संपत्तियों की डिजिटल छवियों को खींचा करते हैं।
- दिसंबर 2023 तक 1018 स्थलों पर सी.ओ.आर.एस. स्मारकीकरण किया गया और 903 सी.ओ.आर.एस. को नियंत्रण केंद्र के साथ एकीकृत किया गया है।

MINI
ATM

75. बैंकिंग आपके द्वार : इंडियन पोस्ट पेमेंट बैंक

वित्तीय नवाचार के स्वर में इंडिया पोस्ट पेमेंट्स बैंक (आई.पी.पी.बी.) एक चमत्कार के रूप में उभरा है, जो 2017 में शुभारंभ के बाद से एक परिवर्तनकारी साधन साबित हुआ है। आई.पी.पी.बी. का लक्ष्य बैंकिंग सुविधाओं को लाखों लोगों के दरवाजे तक पहुँचाना है, जिससे रोजमर्रा के लेनदेन को आसान बनाया जा सके। यह कल्पना करें : वित्तीय संभावनाओं से सजी एक चौखट। एक खाता खोलें, अपने धन के सुचारू रूप से ट्रांसफर करें, अपनी जमा राशि का आनंद लें और अपने बिलों का भुगतान करें—यह सब आई.पी.पी.बी. की डोरस्टेप बैंकिंग सेवाओं द्वारा संभव है। यह सिर्फ बैंकिंग नहीं है; यह एक विचारशील रचना है, जहाँ हर कदम 'अमृतकाल' में वित्तीय पहुँच प्राप्त करने के उद्देश्य से गूँजता है।

- आई.पी.पी.बी. 2023 तक देश भर में 1.55+ लाख डाकघरों में उपलब्ध है, जिनमें से 1.36+ लाख ग्रामीण क्षेत्रों में हैं।
- 2023 तक ग्रामीण डाक सेवक के रूप में 3 लाख से अधिक डाकिए स्मार्टफोन और डिजिटल बायोमेट्रिक उपकरणों के साथ दूरदराज के क्षेत्रों में भी आई.पी.पी.बी. के सुचारू कामकाज को सक्षम कर रहे हैं।
- इससे वित्तीय वर्ष 2022–23 के दौरान 20.16 करोड़ रुपए का फायदा हुआ।
- कुल राजस्व में 66.12 प्रतिशत की वृद्धि देखी गई, जो ग्राहक-केंद्रित और लागत प्रभावी बैंकिंग मॉडल को प्रदर्शित करते हुए 17.36 प्रतिशत की समग्र परिचालन लागत में वृद्धि को पार कर गई।
- 2022–23 के अंत तक 6.63+ करोड़ आई.पी.पी.बी. खाते खोले गए, जिनमें से 78 प्रतिशत ग्रामीण क्षेत्रों से हैं।

□

इंफ्रा नेशन
एक्सप्रेस वे
अटल टनल
एयरपोर्ट
चेनाब ब्रिज
Anshul Gupta

खंड-16

इंफ्रा नेशन

“इंफ्रास्ट्रक्चर विकास देश की अर्थव्यवस्था की प्रेरक शक्ति है। पी.एम. गति शक्ति मास्टर प्लान एक महत्त्वपूर्ण उपकरण है, जो आर्थिक और इंफ्रास्ट्रक्चरल योजना को विकास के साथ एकीकृत करता है। इंफ्रास्ट्रक्चर के विकास की गति और स्केल 140 करोड़ भारतीयों की महत्त्वाकांक्षाओं से मेल खा रहा है।”

—प्रधानमंत्री श्री नरेंद्र मोदी

(बजट पोस्ट वेबिनार–04/03/2023 और वंदे भारत फ्लैग–ऑफ, नई दिल्ली—24/09/2023)

हाइवे
91,287 किमी
1,46,145 किमी
एक्सप्रेसवे
1,004 किमी
5,145 किमी
ग्रामीण सड़कें
3.8LAKH किमी
7.4LAKH किमी
2014 2023
2014 2023
2014 2023
Anshul Gupta

76. समृद्धि के लिए पथ : भारतमाला परियोजना

भारतमाला, भारत की 10.63 लाख करोड़ की सड़कें, जिनमें राजमार्ग, आर्थिक गलियारे, सीमा सड़कें, तटीय सड़कें, एक्सप्रेसवे, सुरंगें और पुल शामिल हैं, ये देश को फिर से जोड़कर एक ऐसे भविष्य का निर्माण करती हैं, जहाँ मेगासिटी अब दूर के द्वीप नहीं हैं और गाँव की अलग-थलग बस्तियाँ नहीं हैं, यह 83,677 किलोमीटर तक फैला हुआ है। 12 से 37 किमी./दिन (2014-23) तक बढ़कर 2017 के बाद से 5,000 से अधिक किलोमीटर की सीमा सड़कों का निर्माण और दिसंबर 2023 तक 43,800 से अधिक किलोमीटर के राष्ट्रीय राजमार्गों के निर्माण के साथ, सड़कों ने 'विकसित भारत' की ओर मार्ग प्रशस्त किया है।

- 2017 में भारतमाला परियोजना के चरण 1 के तहत स्वीकृत 34,800 किलोमीटर में से अक्तूबर 2023 तक 14,783 किलोमीटर राजमार्ग पूरे हो गए थे।
- राष्ट्रीय राजमार्गों की लंबाई 2014 में 91,287 किलोमीटर से बढ़कर अक्तूबर 2023 में 1,46,145 किलोमीटर हो गई।
- एक्सप्रेसवे की लंबाई 2014 में 1,004 किलोमीटर से बढ़कर नवंबर 2023 तक 5,145 किलोमीटर हो गई है।
- 2014 के बाद से, अगस्त 2023 तक बेहतर गुणवत्ता सुनिश्चित करते हुए ग्रामीण सड़क कनेक्टिविटी 3.8 लाख किलोमीटर से बढ़कर 7.4 लाख किलोमीटर हो गई है।
- टोल प्लाजा पर औसत प्रतीक्षा समय 734 सेकंड से घटकर 47 सेकंड हो गया है और जल्द ही यह 30 सेकंड हो जाएगा।

एयरपोर्ट अथॉरिटी ऑफ इंडिया
जल मार्ग मंत्रालय
पीएम
गतिशक्ति
रेल मंत्रालय
वाणिज्य मंत्रालय
सड़क परिवहन एवं राजमार्ग मंत्रालय
Anshul Gupta

77. पी.एम. गतिशक्ति : भारत की इंफ्रास्ट्रक्चर गाथा

भारत की पी.एम. गतिशक्ति योजना बुनियादी ढाँचे का 1.1 ट्रिलियन डॉलर का एक अनूठा मल्टी-मॉडल इंजन है, जो विभिन्न आर्थिक क्षेत्रों को अपनी छतरी के नीचे जोड़ता है, जो गति, दक्षता और वस्तुओं तथा लोगों के निर्बाध प्रवाह द्वारा परिभाषित भविष्य की व्यवस्था करता है। 2021 में लॉन्च किया गया यह मास्टर प्लान केवल सड़कों और पुलों से परे है और इसमें राजमार्गों, रेलवे, जलमार्गों और हवाई अड्डों का एक बहुआयामी नेटवर्क शामिल है। पी.एम. गति शक्ति के तहत, एक डिजिटल मास्टर प्लानिंग टूल विकसित किया गया है, जो सैकड़ों डेटा परतों को एकीकृत करने में सक्षम गतिशील जी.आई.एस. मैपिंग के माध्यम से आर्थिक क्षेत्रों में ढाँचागत योजनाओं को एकीकृत करता है। यह अमृतकाल में 2040 तक भारत को 20 ट्रिलियन डॉलर की अर्थव्यवस्था बनने में सहायता करने के लक्ष्य के साथ व्यापकता, प्राथमिकता, अनुकूलन, सिंक्रनाइजेशन, विश्लेषणात्मक और गतिशील सिद्धांतों के स्तंभों पर काम करता है।

- पी.एम. गति शक्ति का लक्ष्य 2025 तक लॉजिस्टिक लागत को सकल घरेलू उत्पाद का 9 प्रतिशत तक कम करना है, जिससे प्रतिवर्ष 10 लाख करोड़ रुपए की बचत होगी, जो कि 13-14 प्रतिशत से कम है।
- योजना के तहत 2025 तक परियोजना विलंब में 20 प्रतिशत की कमी, 30 प्रतिशत कम सामग्री लागत और पारदर्शिता में 15 प्रतिशत की वृद्धि शामिल है।
- इसके तहत 2 लाख किमी. राजमार्ग, 220 नए हवाई अड्डे और 2025 तक 1,759 एम.एम.टी.पी.ए. कुल कार्गो क्षमता हासिल करने का लक्ष्य है।
- 2025 तक 1,600 मिलियन मीट्रिक टन कुल कार्गो, 34,500 किलोमीटर पाइपलाइन और 4.54 लाख सर्किट किलोमीटर।
- दिसंबर 2023 की 61वीं राष्ट्रीय योजना समूह की बैठक में चर्चा के अनुसार इससे विभिन्न मंत्रालयों ने 1300 परियोजनाओं की रूपरेखा तैयार की है

एयरपोर्ट 2014-74 | 2023-149
UDAN
स्थानीय सामान
Anshul Gupta

78. उडान : वायु वेग से बढ़ती हवाई यात्रा

भारत की साहसी क्षेत्रीय कनेक्टिविटी स्कीम, उडान (उडे देश का आम नागरिक) ने लंबी, धूल भरी सड़कों और तंग बस यात्राओं को भूलकर क्षेत्रीय हवाई यात्रा को दूर के सपने से एक रोज की हकीकत में बदल दिया है। 2016 में शुरू की गई यह महत्त्वाकांक्षी पहल केवल दूर-दराज के शहरों को जोड़ने के लिए नहीं है; यह अवसर बुनकर जीवन को बदल रहा है और भारत को भविष्य में आकाश की ऊँचाई पर ले जा रहा है। देश में 2014 में 74 से नवंबर 2023 में 149 तक हवाई अड्डों, हेलीपोर्ट्स और पानी के एयरोड्रोम में वृद्धि हुई। 2030 तक 180 आर.सी.एस. हवाई अड्डों, 25 जल एयरोड्रोम और 40 हेलीपैड तक 42 करोड़ हवाई यात्रियों के लिए लक्ष्य की पहचान की जाती है। 'उडान' ने क्षेत्रीय हवाई यात्रा में क्रांति लाकर लाखों लोगों के लिए उड़ान को सस्ती और सुलभ बना दिया है।

- नवंबर 2023 तक 30 राज्यों में एक साथ दूरदराज के क्षेत्रों को जोड़कर 76 हवाई अड्डों को संचालित किया गया।
- नवंबर 2023 तक प्रमुख केंद्रों के साथ असंबद्ध शहरों के जुड़ाव के लिए 517 आर.सी.एस. मार्ग का संचालन करते हैं।
- उडान 500 किमी. को कवर करके एक घंटे की फिक्स्ड-विंग या आधे घंटे की हेलीकॉप्टर यात्रा के लिए 2,500 रुपए विमान किराया तय किया, जबकि देश का लक्ष्य 2040 तक भारत में 15 ड्यूल हवाई अड्डे शहरों के लिए है।
- मेघालय के किसान की फ्रेश उपज के लिए पहुँच शहर के बाजारों तक; गाँव के छात्रों की पहुँच उच्च शिक्षा तक आदि के लिए उडन-सक्षम हवाई मार्गों को धन्यवाद।
- ग्रोथ इंजन : 2025 तक एविएशन और पर्यटन में 12 लाख नई नौकरियाँ के लिए 85,000 करोड़ का अनुमानित बाजार के आकार को बनाना है।

सागरमाला परियोजना 2035 तक कार्यान्वयन के लिए 574 परियोजनाओं की पहचान की गई, जिनकी लागत 82 अरब अमरीकी डॉलर (6 लाख करोड़ रुपए) है

79. सागरमाला और अंतर्देशीय जलमार्ग : भारत का समुद्री सफर

भारत ने अपने महासागरों और नदियों को अवसरों के फलते-फूलते मार्गों में बदलकर, भूमि से घिरा होने से उत्पन्न सीमाओं को पार कर लिया है। देश की महत्त्वाकांक्षी पहल, सागरमाला और पुनर्जीवित अंतर्देशीय जलमार्गों ने इस परिवर्तन में महत्त्वपूर्ण भूमिका निभाई है। ये परियोजनाएँ भारत की 7,500 किलोमीटर की तटरेखा और 14,500 किलोमीटर के नौगम्य जलमार्गों के व्यापक विकास पर ध्यान केंद्रित करती हैं, जो उन्हें विकास के लिए बाधाओं से हलचल वाली धमनियों में बदल देती हैं। इन पहलों का प्रभाव महत्त्वपूर्ण है, जिसमें बंदरगाह के आधुनिकीकरण और तटीय नौवहन पर विशेष जोर दिया गया है। इन परियोजनाओं का उद्देश्य 35,000-40,000 करोड़ रुपए की बचत करना, सालाना CO_2 उत्सर्जन में 12 मीट्रिक टन की कमी हासिल करना और 'अमृतकाल' के दौरान 40 लाख प्रत्यक्ष नौकरियों तथा 60 लाख अप्रत्यक्ष नौकरियों के साथ रोजगार के अवसर पैदा करना है।

- सागरमाला परियोजना ने 2035 तक 574 परियोजनाओं का पहचान किया है, जिसकी लागत 82 बिलियन अमरीकी डॉलर है।
- पारादीप आउटर हार्बर सहित 17 बंदरगाह परियोजनाओं से वैश्विक शिपिंग लाइनों को आकर्षित करने की उम्मीद है।
- राष्ट्रीय जलमार्ग अधिनियम, 2016 के तहत 111 जलमार्गों को राष्ट्रीय जलमार्ग घोषित किया गया है।
- राष्ट्रीय जलमार्ग 1 और 2 ब्रह्मपुत्र और गंगा को जोड़ेंगे, जिससे 2035 तक 2,500 किलोमीटर का जल राजमार्ग बनेगा, जिससे माल ढुलाई और क्षेत्रीय विकास में क्रांति आएगी।
- देश भर में 75 नामित प्रकाश-स्तंभों पर प्रकाश-स्तंभ पर्यटन को बढ़ावा देने से स्थानीय अर्थव्यवस्था को बढ़ावा मिलने की उम्मीद है।

Anshul Gupta
2013
मेट्रो रेल नेटवर्क 250 किमी.
2023
मेट्रो रेल नेटवर्क 860 किमी.

80. मेट्रो रेल : शहरी गतिशीलता का जीवंत उदाहरण

2014 के बाद से भारत ने शहरी परिवहन में एक उल्लेखनीय परिवर्तन किया है, जो विकसित भारत के दृष्टिकोण से प्रेरित है। मेट्रो रेल नेटवर्क एक महत्त्वपूर्ण घटक है, जिसने आर्थिक विकास को बढ़ावा देने और आधुनिक शहरीकरण को बढ़ावा देने में महत्त्वपूर्ण भूमिका निभाई है। परिचालन लाइनों में लगभग तीन गुना वृद्धि का अनुभव करते हुए इसने 2023 तक प्रतिदिन लगभग 1 करोड़ यात्रियों को सेवा प्रदान करते हुए भीड़ को काफी कम किया है। वर्तमान में दुनिया के तीसरे सबसे बड़े के रूप में रैंकिंग यह 2025-26 तक संयुक्त राज्य अमेरिका के मेट्रो नेटवर्क को पार करने के लिए तैयार है। महत्त्वाकांक्षी लक्ष्य 2047 तक 100 शहरों में 5,000 किलोमीटर तक नेटवर्क का विस्तार करना है, जो अमृतकाल में नए भारत के लिए एक गतिशील और कुशल शहरी बुनियादी ढाँचे को आकार देगा।

- मेट्रो रेल नेटवर्क का विस्तार 2014 में 250 किलोमीटर से कम से 2023 की शुरुआत तक 860 किलोमीटर तक हो गया है।
- अक्तूबर 2023 तक 27 शहरों में 980 किलोमीटर से अधिक का मेट्रो नेटवर्क निर्माणाधीन है।
- शुरू की गई मेट्रो लाइनों का मासिक औसत 2014 में 0.68 किमी. से बढ़कर अप्रैल 2023 तक 5.6 किमी. हो गया है।
- हावड़ा और कोलकाता को जोड़ने वाली 520 मीटर लंबी सुरंग भारत की पहली पानी के नीचे मेट्रो सुरंग है।
- दिल्ली-गाजियाबाद-मेरठ के बीच भारत की पहली नमो भारत ट्रेन (आर.आर.टी.एस.) का उद्घाटन अक्तूबर 2023 में राष्ट्रीय राजधानी क्षेत्र में पहचाने गए आठ मार्गों में से किया गया था (एन.सी.आर.)।

□

स्मार्ट शिक्षा

खंड-17

स्मार्ट शिक्षा

"नई शिक्षा नीति के माध्यम से देश पहली बार एक ऐसी शिक्षा प्रणाली तैयार कर रहा है, जो दूरदर्शी और भविष्योन्मुखी हो।"

—प्रधानमंत्री श्री नरेंद्र मोदी

(75वाँ अमृत महोत्सव—श्री स्वामिनारायण गुरुकुल, राजकोट—22/12/2022)

2018 में 26.3% से बढ़कर 2030 तक प्रीस्कूल से माध्यमिक शिक्षा में 100% जीईआर और 2035 तक उच्च शिक्षा में 50% का लक्ष्य ।
कला संस्कृति एवं परंपरा का संरक्षण
पारंपरिक चिकित्सा, योग, वेद
भारतीय ज्ञान तंत्र
चेतना अध्ययन
खगोल
परख,
निष्ठा,
स्पार्क,
मेरु,
ज्ञान
10+2
5+3+3+4
اردو
বাংলা
मराठी
ଓଡ଼ିଆ
पंजाबी

81. राष्ट्रीय शिक्षा नीति 2020 : शिक्षा में क्रांति

भारत में अंग्रेजों द्वारा थोपी गई शिक्षा प्रणाली ने पारंपरिक शिक्षा को दशकों तक बाधित किया, निरक्षरता और सामाजिक-आर्थिक असमानताओं को बढ़ावा दिया राष्ट्रीय शिक्षा नीति 2020 मात्र एक नीति नहीं है, यह 'अमृतकाल' में 'अमृत पीढी' की नियति का लिखन है, जिसने स्कूलों से लेकर विश्वविद्यालयों तक शिक्षा में क्रांति लाने में सफलता पाई है। इसमें इनोवेटिव 5+3+3+4 पाठ्यचर्या संरचना, 'परख', 'निष्ठा', 'स्पार्क', 'मेरु' और 'ज्ञान' जैसी पहल से बहुभाषी शिक्षा पर जोर दिया गया है तथा सार्वभौमिक स्कूली शिक्षा पहुँच और पर्याप्त वृद्धि की वकालत और जी.डी.पी. के 6 प्रतिशत तक सार्वजनिक निवेश का निर्णय किया है। राष्ट्रीय शिक्षा नीति 2020 विकसित भारत के लिए एक मजबूत नींव स्थापित करती है, जो गुणवत्ता, समानता, पहुँच और सामर्थ्य के स्तंभों पर आधारित है।

- इसका लक्ष्य 2030 तक प्रीस्कूल से माध्यमिक शिक्षा में 100 प्रतिशत सकल नामांकन अनुपात और 2035 तक उच्च शिक्षा में 50 प्रतिशत करना है, जो 2018 में 26.3 प्रतिशत से अधिक है।
- यह शिक्षा के माध्यम के रूप में कक्षा 5 तक मातृभाषा, स्थानीय भाषा का उपयोग करने की सिफारिश करता है, जिसे आदर्श रूप से कक्षा 8 और उससे आगे तक बढ़ाया जा सकता है।
- यह शिक्षा के सभी स्तरों पर पाठ्यक्रम में इंडियन नॉलेज सिस्टम को शामिल करने की सिफारिश करता है।
- यह ऐकाधिक प्रवेश/निकास विकल्पों के साथ फ्लेक्सिबल, मल्टी-डिसिप्लिनरी उच्च शिक्षा को सक्षम बनाता है।
- यह शीर्ष वैश्विक विश्वविद्यालयों को भारत में स्थापित करने के लिए प्रोत्साहित करता है और भारतीय संस्थानों को भी विदेशों में परिसर स्थापित करने के लिए प्रोत्साहित करता है।

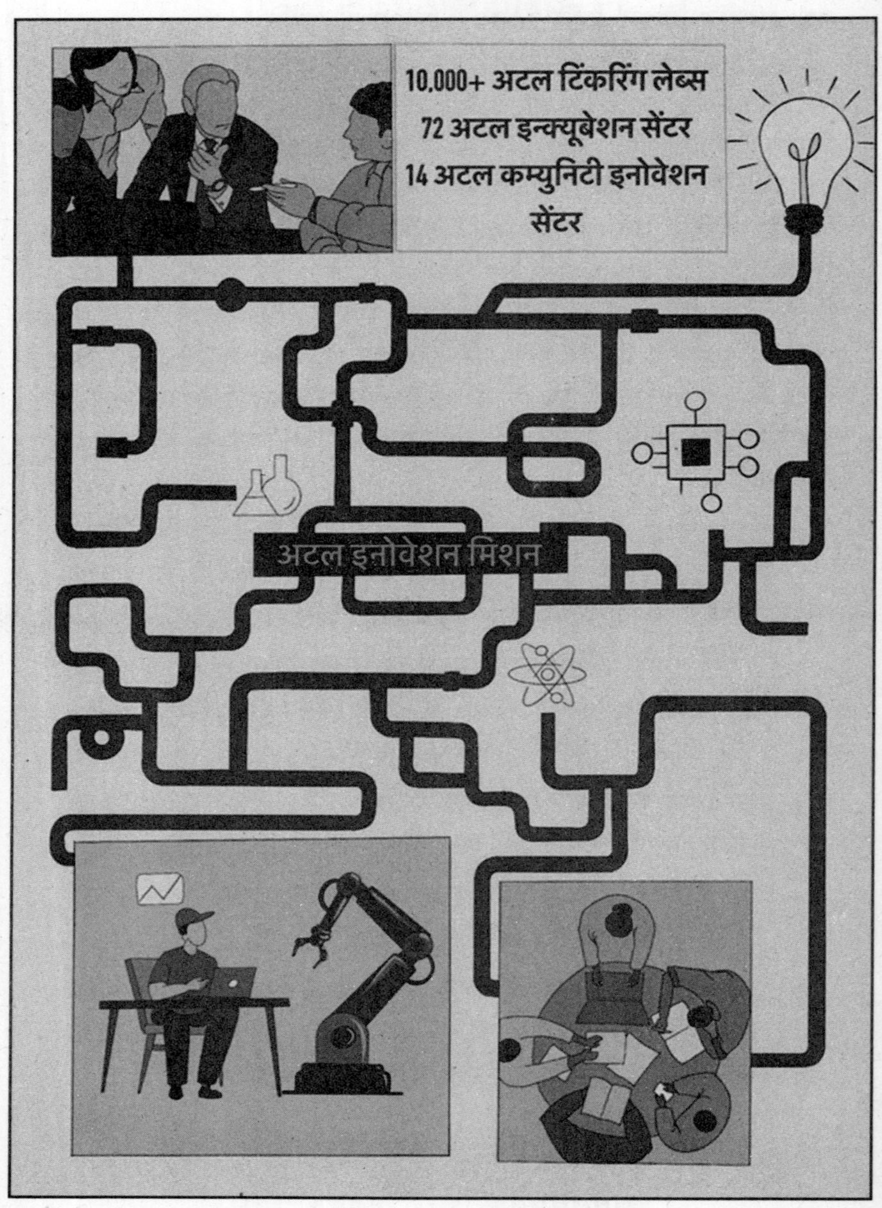
10,000+ अटल टिंकरिंग लेब्स
72 अटल इन्क्यूबेशन सेंटर
14 अटल कम्युनिटी इनोवेशन सेंटर
अटल इनोवेशन मिशन

82. अटल इनोवेशन मिशन : भविष्यवादी शिक्षा

शिक्षा में नवाचार, रचनात्मकता, अनुकूलनशीलता और विचार कौशल सोच को बढ़ावा देता है। इसके साथ ही छात्रों को तेजी से विकसित हो रही दुनिया के लिए तैयार करता है और आजीवन सीखने की सफलता सुनिश्चित करता है। भारत का अटल इनोवेशन मिशन (ए.आई.एम.) 2016 से पारंपरिक शिक्षा व्यवस्था को बाधित कर रहा है, नवाचार और उद्यमिता को बढ़ावा दे रहा है। ए.आई.एम. स्कूलों में रचनात्मक समस्या-समाधान और विश्वविद्यालयों और निजी क्षेत्र में उद्यमशीलता की भावना पैदा करता है। वास्तविक समय एम.आई.एस. और गतिशील डैशबोर्ड के साथ, ए.आई.एम. प्रभावी निरीक्षण सुनिश्चित करता है। पारंपरिक शैक्षिक मानदंडों से हटकर और 'अमृत पीढी' के लिए भविष्य-केंद्रित शैक्षिक परिदृश्य का मार्ग प्रशस्त करना है।

- दिसंबर 2023 तक 10,000 से अधिक अटल टिंकरिंग लैब्स की स्थापना, 75+ लाख स्कूली छात्रों के बीच नवाचार और वैज्ञानिक स्वभाव को बढ़ावा देता है।
- 72 अटल इंक्यूबेशन सेंटरों ने 35,000+ स्टार्टअप को समर्थन दिया और दिसंबर 2023 तक 32,000+ नौकरियाँ पैदा की हैं।
- दिसंबर 2023 तक 14 अटल सामुदायिक नवाचार केंद्र स्थापित किए गए है। समुदाय-संचालित नवाचार के लिए जमीनी स्तर पर 2.5 करोड़ रुपए तक का अनुदान दिया जाएगा।
- न्यू इंडिया चैलेंज और ए.टी.एल. मैराथन के माध्यम से नवाचार चुनौतियों के माध्यम से गंभीर समस्याओं को हल करने के लिए उद्योग और नवप्रवर्तकों के बीच सहयोग को सुविधाजनक बनाना है।
- ए.आई.एम. के पास दिसंबर 2023 तक 'मेंटर्स ऑफ चेंज' कार्यक्रम के तहत 6200 से अधिक मेंटर्स पंजीकृत थे।

पीएम श्री
14500 स्कूलों का आधुनिक विकास किया जाएगा

83. पी.एम. श्री : शिक्षा परिदृश्य में बदलाव

विकसित भारत के लिए एक दूरदर्शी शिक्षा मॉडल की शुरुआत करते हुए कैबिनेट ने 2022 में उभरते भारत के लिए पी.एम. श्री स्कूल को हरी झंडी दी थी। राष्ट्रीय शिक्षा नीति (एन.ई.पी.) 2020 के साथ संरेखित यह अभिनव योजना, उन्नत बुनियादी ढाँचे का प्रदर्शन करते हुए एक अनुकरणीय बनना चाहती है। जिसमें आविष्कारशील शिक्षाशास्त्र और प्रौद्योगिकी एकीकरण का भी समावेश होगा। जैसे-जैसे ये मॉडल स्कूल विकसित होंगे, वे न केवल एन.ई.पी. 2020 को लागू करने के लिए तैयार हैं, बल्कि पड़ोसी शैक्षणिक संस्थानों को नेतृत्व भी प्रदान करेंगे। 'पी.एम. श्री' 21वीं सदी के कौशल को विकसित करने के लिए आधुनिक, परिवर्तनकारी और समग्र दृष्टिकोण अपनाते हुए, गुणात्मक और नवीन शिक्षा प्रदान करने के लिए समर्पित हैं।

- पी.एम. श्री ने एक परिवर्तनकारी स्कूल योजना का अनावरण किया है। इसके लिए पाँच वर्षों (2022-23 से 2026-27) तक चलने वाली 27,360 करोड़ रुपए की परियोजना लागत है।
- देशभर में 14,500 से अधिक स्कूल पी.एम. श्री स्कूल बनेंगे, जो एन.ई.पी. 2020 के सभी पहलुओं को प्रदर्शित करेंगे।
- पी.एम. श्री स्थानीय उद्योगों के साथ कौशल को एकीकृत करता है, प्रभावशाली विकास के लिए इंटर्नशिप, उद्यमिता और अनुरूप पाठ्यक्रम को बढ़ावा देता है।
- पी.एम. श्री स्कूलों को डिजिटल शिक्षाशास्त्र का उपयोग करने के लिए आईसीटी, स्मार्ट कक्षाओं और डिजिटल पुस्तकालयों से सक्षम किया जाएगा।
- पी.एम. श्री स्कूलों का पहला चरण : के.वी.एस./एन.वी.एस. सहित 27 राज्यों/केंद्र शासित प्रदेशों से 6,207 का चयन, दिसंबर 2023 तक 35 लाख से अधिक छात्रों को लाभ हुआ है।

ई विद्या पोर्टल
• स्वयम
• एनडीईएआर
• दीक्षा
• साथी
swayam

84. उच्च शिक्षा में उन्नति

डिजिटल ज्ञानोदय के युग में, भारत पी.एम. ई–विद्या के माध्यम से गहन शिक्षण कायापलट का अनुभव कर रहा है। पारंपरिक कक्षाओं से परे, शिक्षा तीन पोर्टलों द्वारा शिक्षा गतिशील पंखों से उड़ान भरती है : स्वयं, एन.डी.एल.आई., साथी, एन.डी.ई.ए.आर. और दीक्षा। 200 पी.एम. ई–विद्या डीटीएच टीवी चैनलों के साथ, राज्य कक्षा 1–12 के लिए बहुभाषी पूरक शिक्षा प्रदान करते हैं। ये प्लेटफॉर्म सूचना भंडार से आगे बढ़कर कौशल उन्नयन, सांस्कृतिक विसर्जन और शिक्षक सशक्तीकरण के लिए उत्प्रेरक के रूप में कार्य करते हैं। चलिए जानते हैं कि कैसे ये पोर्टल 'अमृतकाल' में ज्ञान के पुनर्जागरण को बढ़ावा देते हैं।

- स्वयं : दिसंबर 2023 तक 135 विश्वविद्यालयों के साथ 6,945+ निःशुल्क पाठ्यक्रमों में 3.5 करोड़+ नामांकन हुआ है।
- एन.डी.एल.आई. : 8 करोड़ से अधिक विजिटर्स 5.4 मिलियन से अधिक डिजीटल पुस्तकों की खोज कर रहे हैं, जिससे सांस्कृतिक सनझ को बढ़ावा मिल रहा है।
- दीक्षा : दिसंबर 2023 के लॉञ्च के बाद से 17 करोड़+ नामांकन, 15,600+ पाठ्यक्रम और 5.3 अरब शिक्षण सत्र।
- दृष्टि और श्रवण बाधितों के लिए डेजी पर और एन.आई.ओ.एस. वेबसाइट/यूट्यूब पर सांकेतिक भाषा में विशेष ई–सामग्री।
- एन.डी.ई.ए.आर. : दिसंबर 2023 तक 1,500+ माइक्रो कोर्स, 5 अरब से अधिक सत्र, 12 अरब से अधिक QR कोड और 20 हजार से अधिक प्रतिभागियों के साथ एकीकृत डिजिटल बुनियादी ढाँचा में चल रहे थे 15 हजार से अधिक सुधार।

7 आईआईटी
15 एम्स
7 आईआईएम

85. प्रगतिशील विद्या क्षेत्र : भारत की वैश्विक पहचान

भारत की उच्च शिक्षा वैश्विक प्रतिस्पर्धा के लिए आगे बढ़ रही है और इनोवेशन और स्किल पर जोर दे रही है। अत्याधुनिक अनुसंधान सुविधाएँ, प्रौद्योगिकी एकीकरण और अंत:विषय अध्ययन दुनिया भर में संस्थानों को आगे बढ़ाते हैं। विकसित भारत के तहत सरकारी पहल विविध दृष्टिकोण पेश करते हुए अंतरराष्ट्रीय सहयोग को बढ़ावा देती है। एन.सी.आर.एफ., राष्ट्रीय उच्च शिक्षा योग्यता फ्रेमवर्क, अकादमिक बैंक ऑफ क्रेडिट और एकाधिक प्रवेश/निकास जैसे शिक्षार्थी-केंद्रित उपाय शिक्षा अनुकूलनशीलता को बढ़ावा देते हैं। 2014 में विश्वविद्यालयों की संख्या 723 से बढ़कर 2023 में 1,113 हो गई है। क्यूएस वर्ल्ड यूनिवर्सिटी सूची एशिया 2024 में 148 भारतीय विश्वविद्यालय शामिल हुए। उद्यमिता, आलोचनात्मक सोच और वैश्विक मानसिकता को प्रोत्साहित करते हुए भारत एक परस्पर जुड़ी दुनिया के लिए स्नातकों को आकार देता है, आर्थिक विकास को बढ़ावा देता है और एक मजबूत वैश्विक शैक्षणिक उपस्थिति को मजबूत करता है।

- 2023 क्यूएस विश्व रैंकिंग सूची में भारत के 41 विश्वविद्यालय हैं, जबकि 2014 में केवल 12 विश्वविद्यालय थे।
- स्टडी इन इंडिया पोर्टल भारत को उच्च शिक्षा के लिए एक पसंदीदा गंतव्य बनाने में एक महत्त्वपूर्ण कदम बनने जा रहा है।
- पिछले 9 वर्षों में 5,298 कॉलेज बनाए गए हैं (2014 में 38,498 से बढ़कर 2023 में 43,796 हो गए हैं)।
- 2014 से 2023 तक 7 नए आई.आई.टी., 7 नए आई.आई.एम. और 15 नए एम्स स्थापित किए गए है।
- 13 भाषाओं में जे.ई.ई., एन.ई.ई.टी., सी.यू.ई.टी.; 12 भाषाओं में 100 यूजी पुस्तकें; प्रथम वर्ष के छात्रों के लिए भारतीय भाषाओं में 20 तकनीकी पुस्तकें, उच्च शिक्षा में भाषाई समावेशिता को बढ़ाया गया है।

□

स्वास्थ्य सुधार

Ashul Gupta

खंड-18

स्वास्थ्य सुधार

"सच्ची प्रगति जन-केंद्रित होती है। इससे कोई फर्क नहीं पड़ता कि चिकित्सा विज्ञान में कितनी प्रगति हुई है, अंतिम मील पर अंतिम व्यक्ति तक पहुँच सुनिश्चित की जानी चाहिए।"

—प्रधानमंत्री श्री नरेंद्र मोदी

(एक स्वास्थ्य एक पृथ्वी ए.एच.सी.आई. 2023-26/04/2023 का छठा संस्करण)

10,000वें जन औषधि केंद्र का अनावरण एम्स देवघर में किया गया
प्रधानमंत्री भारतीय जन औषधि केंद्र
जेनरिक दवाइयों की दुकान
50-90%

86. जन औषधि : किफायती दवाइयाँ

भारतीय स्वास्थ्य सेवा के लिए एक परिवर्तनकारी छलाँग में प्रधानमंत्री भारतीय जन औषधि परियोजना (पी.एम.बी.-जे.ए.पी.) सुलभ, उच्च गुणवत्ता वाली जेनेरिक दवाओं के एक प्रतीक के रूप में विकसित हुई है। 2015 में लॉन्च किए गए, इस गेम-चेंजर ने 2023 में 1,000 करोड़ रुपए की दवाएँ बेचकर एक महत्त्वपूर्ण उपलब्धि हासिल की है। 785 जिलों में फैले जन औषधि केंद्रों के साथ, इसने उल्लेखनीय रूप से 5,000 करोड़ रुपए की बचत की है। यह ऐतिहासिक पहल भारत को 'विकसित भारत' के दृष्टिकोण की ओर प्रेरित करती है, जो सभी के लिए सस्ती और गुणवत्तापूर्ण स्वास्थ्य सेवा सुनिश्चित करती हैं।

- नवंबर 2023 तक 1965 जेनेरिक दवाएँ और 293 सर्जिकल उत्पाद की उपलब्ध थे।
- 2014 से दिसंबर 2023 तक इस परियोजना के माध्यम से 25,000 करोड़ रुपए की बचत की गई थी।
- नेटवर्क विस्तार : नवंबर 2023 तक 10,000+ केंद्र प्रतिदिन 1.2 करोड़ लोगों को सेवा प्रदान कर रहे हैं, मार्च 2024 तक 12,000 तक सेवा देने का लक्ष्य है।
- नवंबर 2023 तक फ्रेंचाइजी के माध्यम से 1.2 लाख नौकरियाँ, समुदायों को सशक्त बनाने के काम आई थी।
- 120+ प्रयोगशालाएँ जन औषधि केंद्रों पर सुरक्षित, प्रभावी दवाएँ सुनिश्चित करती है।
- अक्तूबर 2023 तक 16.7 करोड़ से अधिक नागरिकों को ई-संजीवनी योजना के माध्यम से मुफ्त टेलीमेडिसिन सेवा प्रदान की गई थी।

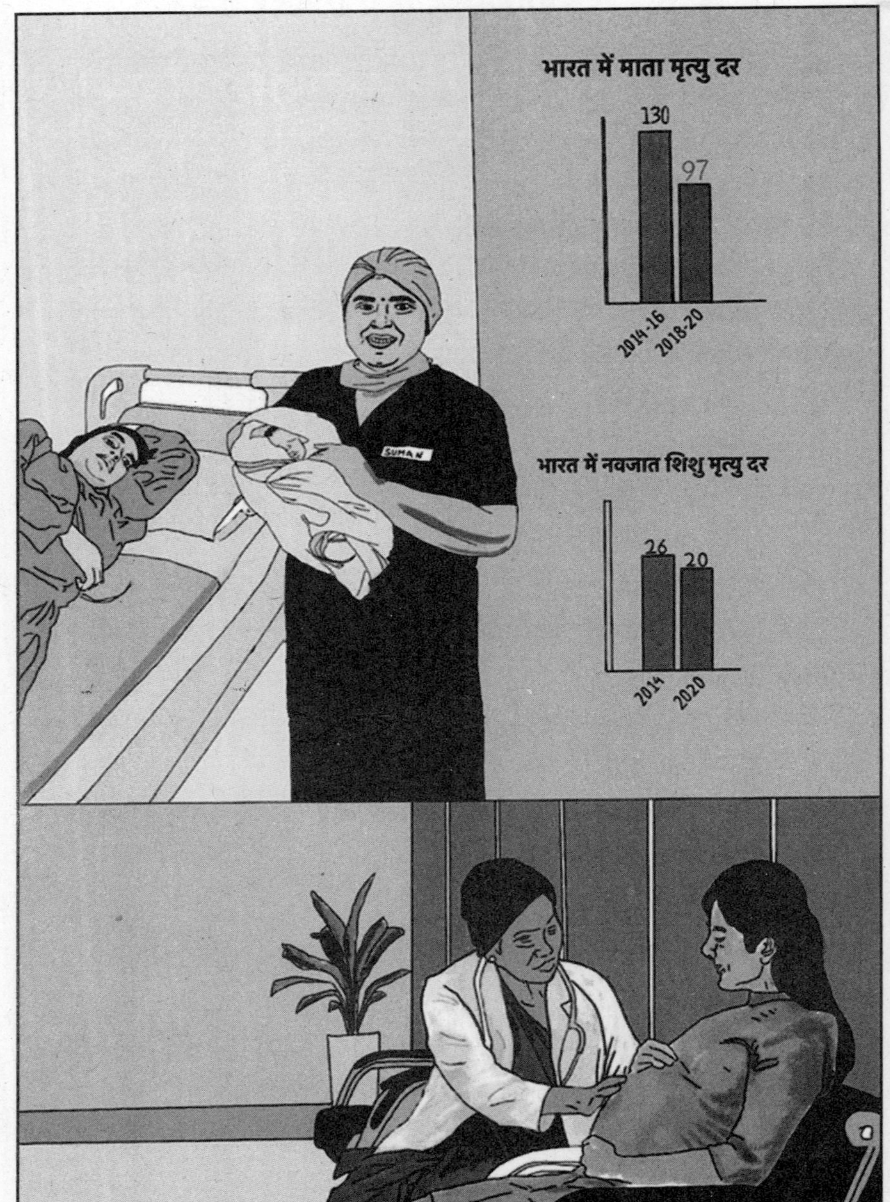
भारत में माता मृत्यु दर
130
97
2014-16
2018-20
SUMAN
भारत में नवजात शिशु मृत्यु दर
26
20
2014
2020

87. मातृ-नवजात स्वास्थ्य : देखभाल में बदलाव

सुरक्षित मातृत्व आश्वासन (सुमन) योजना 2019 में शुरू की गई थी। इसके तहत हर गर्भवती महिला और नवजात शिशु को, सामाजिक-आर्थिक स्थिति के बावजूद मुफ्त, उच्च गुणवत्ता वाली स्वास्थ्य देखभाल मिलती है। यह क्रांतिकारी पहल, जिसे 'शून्य मातृ एवं नवजात मृत्यु के लिए एक पहल' के रूप में तैयार किया गया है, मातृ एवं नवजात स्वास्थ्य देखभाल को फिर से परिभाषित करने में एक महत्त्वपूर्ण कदम है। इस दृष्टिकोण को लागू करते हुए 2017 में शुरू की गई प्रधानमंत्री मातृ वंदना योजना ने 3.2+ करोड़ लाभार्थियों को 14,000 करोड़ रुपए से अधिक के हस्तांतरण की सुविधा प्रदान की है। जैसे-जैसे देश 'अमृतकाल' में 'विकसित भारत' की ओर बढ़ रहा है, यह पहल सार्वभौमिक और व्यापक स्वास्थ्य सेवा की दिशा में एक परिवर्तनकारी यात्रा की प्रतीक है।

- 2023 में 5.5 करोड़ गर्भवती महिलाओं और 5 करोड़ नवजात शिशुओं को मुफ्त प्रसवपूर्व देखभाल और कुशल प्रसव प्राप्त हुआ।
- मोबाइल मेडिकल यूनिट्स दूरदराज के इलाकों में 8 लाख गर्भवती माताओं तक पहुँचीं और महत्त्वपूर्ण प्रसवपूर्व देखभाल सेवाएँ सुनिश्चित कीं।
- 2019 से 15 लाख कर्मियों को आवश्यक मातृ एवं नवजात देखभाल में प्रशिक्षित किया गया, जिससे 2023 तक गुणवत्ता में वृद्धि हुई है।
- 2023 तक एक सहायक वातावरण को बढ़ावा देते हुए, सम्मानजनक मातृत्व देखभाल प्रथाओं पर 1 लाख स्वास्थ्य देखभाल सुविधाओं को संवेदनशील बनाया गया है।
- एम.एम.आर. 130 (2014-16) से 97 (2018-20), एन.एम.आर. 26 (2014) से 20 (2020) और आई.एम.आर. 36.6 (2014) से 26 (2023) में कमी। 2030 तक एम.एम.आर. को घटाकर 70 करने का लक्ष्य है।

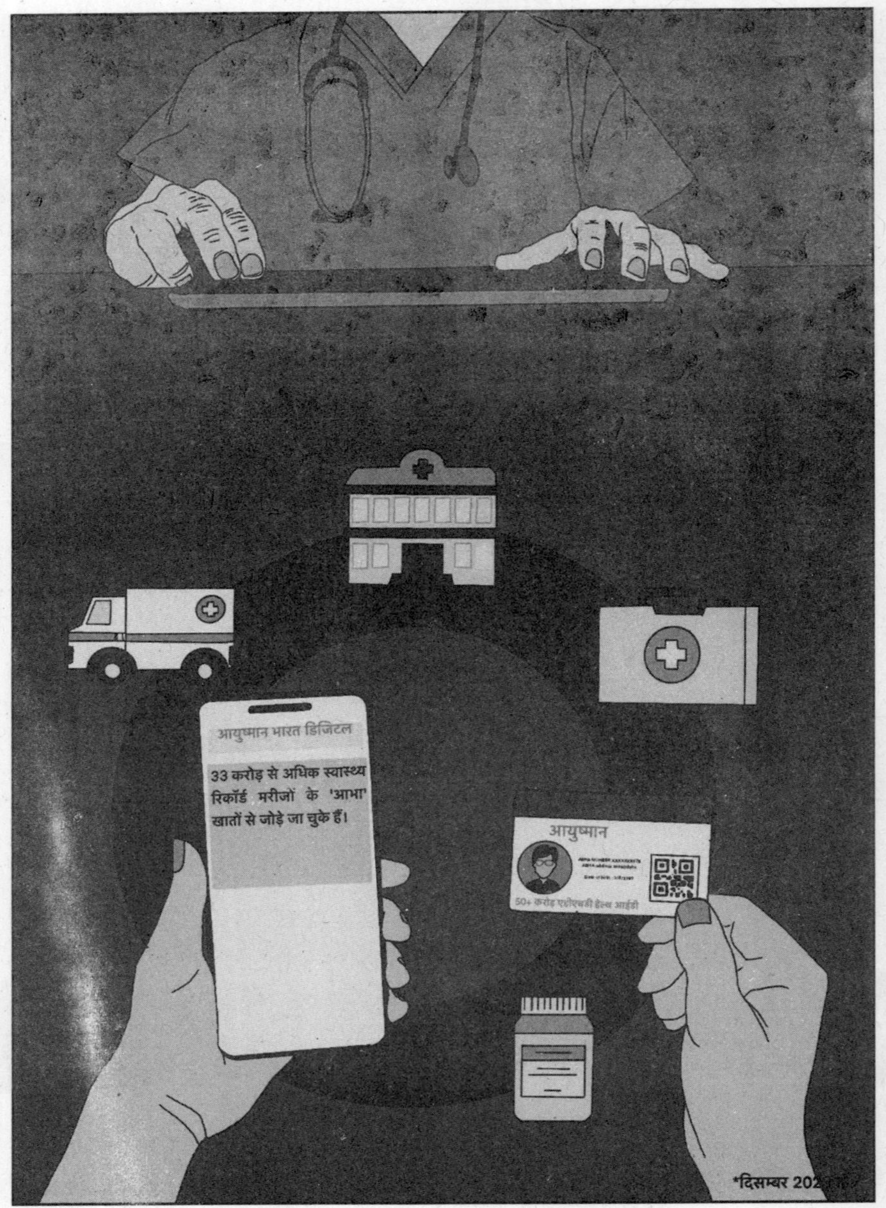
आयुष्मान भारत डिजिटल
33 करोड़ से अधिक स्वास्थ्य रिकॉर्ड मरीजों के 'आभा' खातों से जोड़े जा चुके हैं।
आयुष्मान
*दिसम्बर 202

88. आयुष्यमान भारत डिजिटल हेल्थ मिशन : स्वास्थ्य सेवा में एक क्लिक में

डिजिटल हेल्थ मिशन (ए.बी.डी.एम.) के माध्यम से आयुष्मान भारत, स्वास्थ्य सेवा को एक विश्वसनीय साथी के रूप में देखता है। पाँच वर्षों (21-22 से 25-26) के लिए 1,600 करोड़ रुपए के परिव्यय के साथ, ए.बी.डी.एम. खुले, अंतर-संचालित, मानक-आधारित डिजिटल सिस्टम का लाभ उठाता है। सुरक्षा, गोपनीयता और निजता को प्राथमिकता देते हुए, यह व्यापक और सुरक्षित स्वास्थ्य सेवा पहुँच में अग्रणी है। यह पहल एक नए युग की शुरुआत करती है और एकीकृत डिजिटल स्वास्थ्य बुनियादी ढाँचे को विकसित करती है। 'विकसित भारत' का लक्ष्य रखते हुए, ए.बी.डी.एम. कुशल, सुलभ और समावेशी स्वास्थ्य देखभाल के लिए मंच तैयार करता है।

- दिसंबर 2023 तक 50+ लाख मोबाइल ऐप डाउनलोड के साथ रोगियों के ABHA खातों से 33+ करोड़ स्वास्थ्य रिकॉर्ड जुड़े हुए हैं।
- ए.बी.डी.एम. भौगोलिक अंतर को खत्म करते हुए (अक्तूबर 2023 तक) 30 लाख टेलीकंसल्टेशन को सक्षम बनाता है।
- दिसंबर 2023 तक 1.5 करोड़ मरीजों ने ABHA-आधारित तत्काल ओपीडी पंजीकरण सेवा का उपयोग किया है।
- 2.5+ लाख से अधिक स्वास्थ्य देखभाल सुविधाएँ और 2.6+ लाख से अधिक स्वास्थ्य देखभाल पेशेवर (दिसंबर 2023 तक) ए.बी.डी.एम. को अपनाते हैं, डिजिटल नुस्खों और निदान के साथ प्रक्रियाओं को सुव्यवस्थित करते हैं।
- दिसंबर 2023 तक 50 करोड़ व्यक्तियों के पास उनकी विशिष्ट स्वास्थ्य आई.डी. के रूप में ABHA नंबर है।

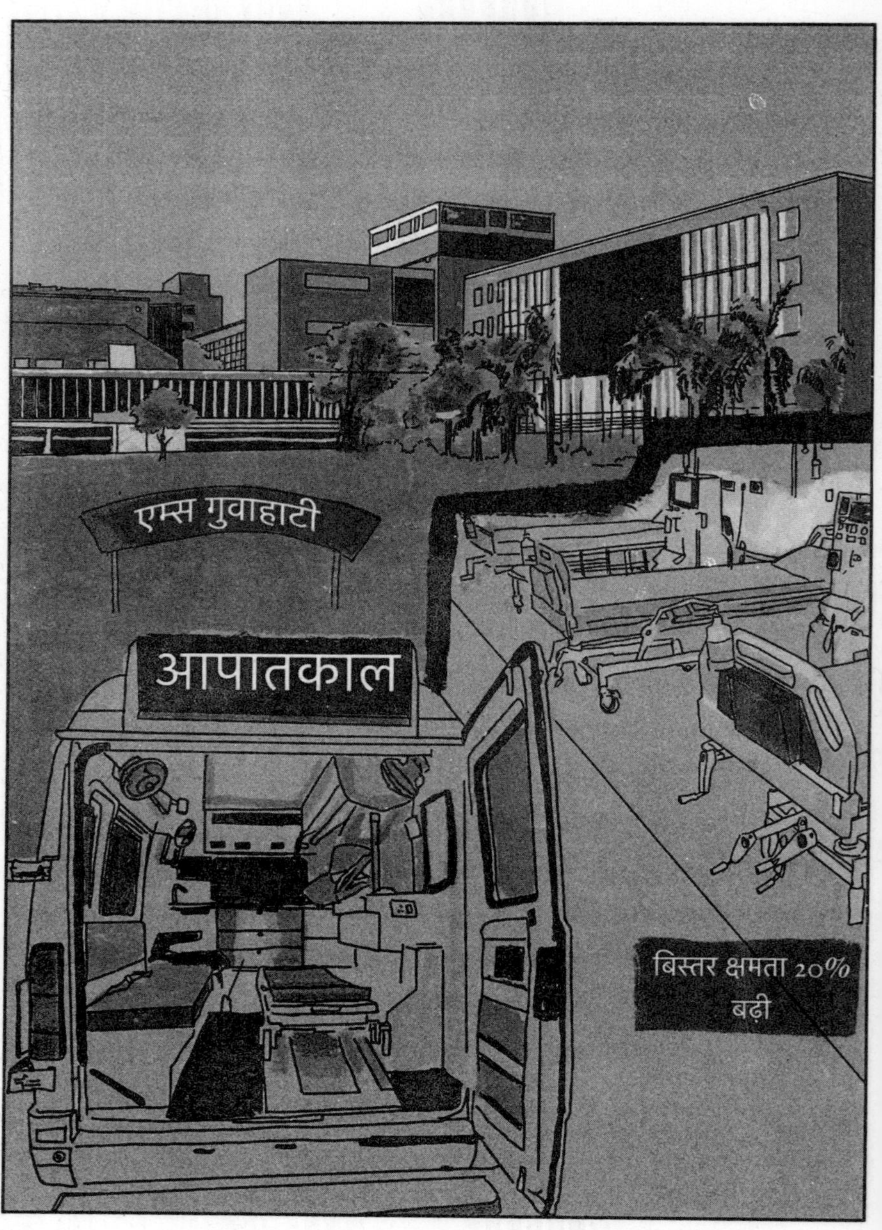
एम्स गुवाहाटी
आपातकाल
बिस्तर क्षमता 20%
बढ़ी

89. आयुष्मान भारत : स्वास्थ्य इंफ्रास्ट्रक्चर का विस्तार

भारत के स्वास्थ्य सेवा परिदृश्य में एक मजबूत परिवर्तन आ रहा है, क्योंकि सरकार ने 2014 से 2023 तक बजट को दोगुना करते हुए चिकित्सा बुनियादी ढाँचे को बढ़ाया है। माननीय प्रधानमंत्री द्वारा पी.एम.-आयुष्मान भारत स्वास्थ्य अवसंरचना मिशन (पी.एम.-ए.बी.एच.आई.एम.) के शुभारंभ के लिए 2021 से छह वर्षों के लिए 64,180 करोड़ रुपए आवंटित किए गए हैं। यह मिशन रणनीतिक रूप से सभी देखभाल स्तरों—प्राथमिक, माध्यमिक और तृतीयक—पर स्वास्थ्य प्रणाली क्षमताओं को बढ़ाने पर केंद्रित है। प्रभावी महामारी/आपदा प्रतिक्रिया पर नजर रखते हुए पी.एम.-ए.भी.एम. का उद्देश्य विकसित भारत में योगदान करते हुए स्वास्थ्य सेवा ढाँचे को मजबूत करना है। यह वित्तीय प्रतिबद्धता 'विकसित भारत' के दृष्टिकोण के अनुरूप एक मजबूत स्वास्थ्य देखभाल पारिस्थितिकी तंत्र की दिशा में एक महत्त्वपूर्ण छलाँग का संकेत देती है।

- दिसंबर 2023 तक 1.63 लाख आयुष्मान मंदिर जारी, जिनमें 1.22+ लाख एस.एच.सी. और 23,600+ पी.एच.सी. शामिल हैं।
- यह योजना 602 जिलों में क्रिटिकल केयर अस्पतालों के लिए 19,064.80 करोड़ रुपए आवंटित करती है।
- आधुनिक सुविधाओं और विशेषज्ञों के साथ 100 से अधिक पुनर्निर्मित अस्पताल, बिस्तर क्षमता में 20 प्रतिशत की वृद्धि।
- 2014 से पहले की तुलना में रोगी के प्रतीक्षा समय में 25 प्रतिशत की कमी आई और विशेषज्ञ परामर्श में 30 प्रतिशत की वृद्धि हुई।
- 2014 के बाद से अप्रैल 2023 तक 275 नए मेडिकल कॉलेज, एम.बी. बी.एस. सीटों में 97 प्रतिशत और पोस्ट-ग्रैज्युएट सीटों में 110 प्रतिशत की वृद्धि हुई है। इससे कर्मियों की कमी को दूर किया जाएगा।

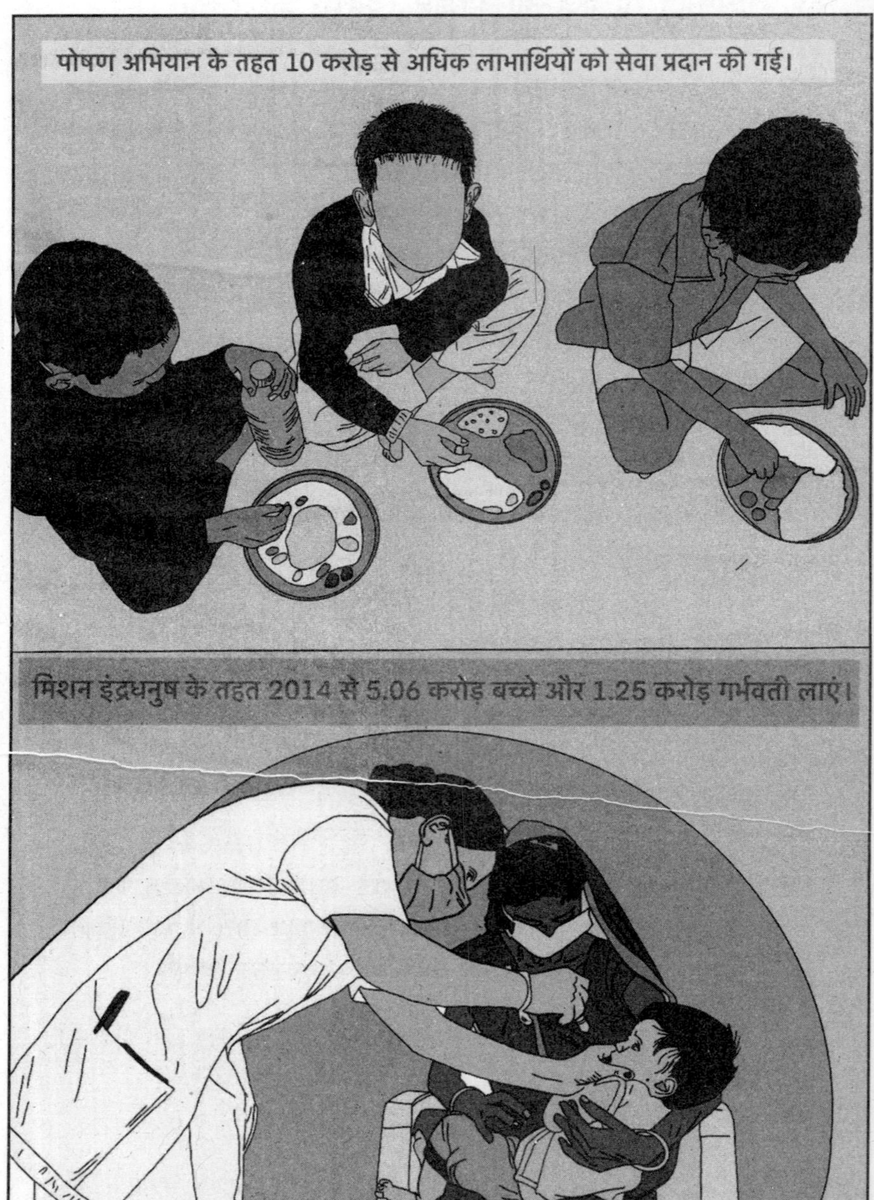
पोषण अभियान के तहत 10 करोड़ से अधिक लाभार्थियों को सेवा प्रदान की गई।
मिशन इंद्रधनुष के तहत 2014 से 5.06 करोड़ बच्चे और 1.25 करोड़ गर्भवती लाएं।

90. बाल स्वास्थ्य देखभाल : पोषण और इंद्रधनुष

सरकार की दोहरी पहल, पोषण अभियान और मिशन इंद्रधनुष बच्चों के स्वास्थ्य पर केंद्रित हैं। पोषण अभियान पहले 1000 दिनों को प्राथमिकता देकर उचित पोषण और स्वास्थ्य शिक्षा सुनिश्चित करके कुपोषण से मुकाबला करता है। इसके साथ ही मिशन इंद्रधनुष का लक्ष्य टीकाकरण से वंचित और आंशिक रूप से टीकाकरण वाले बच्चों को लक्षित करते हुए पूर्ण टीकाकरण कवरेज करना है। साथ में यह प्रयास कुपोषण और टीकाकरण अंतराल दोनों को संबोधित करते हुए बाल स्वास्थ्य को बढ़ाने के लिए सरकार की व्यापक रणनीति का प्रतीक है। ये पहल सामूहिक रूप से 'विकसित भारत' में एक स्वस्थ 'अमृतपीढ़ी' का मार्ग प्रशस्त करती हैं।

- दिसंबर 2023 तक पोषण अभियान के तहत 10 करोड़ से अधिक लाभार्थियों को सेवा प्रदान की गई।
- सितंबर और मार्च-अप्रैल में पोषण के लिए सामुदायिक भागीदारी को बढ़ावा देते हुए, राज्यों/केंद्रशासित प्रदेशों ने 11 पोषण माह के दौरान 90+ करोड़ जागरूकता गतिविधियाँ आयोजित कीं।
- पोषण ट्रैकर बाल कुपोषण की पहचान करने और वास्तविक समय में पोषण सेवा वितरण को ट्रैक करने के लिए प्रौद्योगिकी का उपयोग करता है।
- मिशन इंद्रधनुष ने 2014 से अब तक 5.06 करोड़ बच्चों और 1.25 करोड़ गर्भवती महिलाओं का टीकाकरण किया है।
- संचार रणनीति में 360-डिग्री दृष्टिकोण, टीके की झिझक को संबोधित करना और स्थानीय प्रभावशाली लोगों और नेताओं को शामिल करना शामिल था।

□

कानूनी पुनः निर्माण

खंड-19

कानूनी पुनर्निर्माण

“ईज ऑफ डूइंग बिजनेस और ईज ऑफ लिविंग की तरह, देश की अमृत यात्रा में ‘ईज ऑफ जस्टिस’ भी उतना ही महत्त्वपूर्ण है।”

—प्रधानमंत्री श्री नरेंद्र मोदी

(पहली अखिल भारतीय जिला कानूनी सेवा प्राधिकरण बैठक—30/07/2022)

टेली लो:
- 2.5 लाख जन सेवा केंद्रों पर टेली लो सुविधा उपलब्ध।
- 6.2 करोड़ मुकदमों में सलाह दी गई
न्याय अदालत
- असम और जम्मू कश्मीर के सात ब्लॉक में अमल किया गया
- वैकल्पिक विवाद समाधान
न्याय बंधु
- 10629 अधिवक्ताओं का पंजीकरण
- 22 हाईकोर्ट ने प्रो-बोनो पेनल स्थापित की
Anshul Gupta

91. न्याय बंधु और टेली-लॉ : कानूनी नवाचार

कानूनी नवाचार की कड़ी में टेली-लॉ, फ्रंट-ऑफिस कानूनी समूह के साथ पहुँच स्थापित कर न्याय प्रदान करने में सामंजस्य की भूमिका निभाता है। न्याय बंधु, कानूनी परोपकारी साधन के रूप में वकीलों को लोगों के साथ जोड़ता है, जो जरूरतमंद लोगों के लिए सहायक है। समावेशिता का यह सॉनेट कानूनी विभाजन को दूर करता है और व्यक्तियों और संगठनों को एक-दूसरे के साध जोड़ता है। जैसा की सरकार द्वारा मिशन शक्ति के तहत 'नारी अदालत' की रचना की गई, यह घरेलू कलह, संपत्ति की विषमता और पितृसत्तात्मक चुनौतियों को संबोधित कर परिवर्तन की दिशा में मुख्य कदम है। कानूनी यात्रा में विकसित भारत के द्वारा वैकल्पिक विवाद का समाधान आना, एक ऐसे राष्ट्र का निर्माण करता है, जहाँ न्याय हर दिल की धड़कन के साथ सामंजस्य स्थापित करता है।

- 'नारी अदालत' कार्यान्वयन का पहला चरण 2023 से असम के 7 ब्लॉकों, जम्मू-कश्मीर के 2 आकांक्षी जिलों में फैला हुआ है।
- न्याय बंधु ने नवंबर 2023 तक प्रो बोनो क्लब योजना में 24 राज्य बार काउंसिल और 89 लॉ स्कूलों में 10,629 वकीलों को पंजीकृत किया है।
- 22 उच्च न्यायालय प्रो बोनो पैनल स्थापित करते हैं; नवंबर 2024 तक न्याय बंधु पहल के तहत 1,354 वकीलों का नामांकन हुआ है।
- टेली-लॉ वीडियो कॉन्फ्रेंसिंग/टेलीफोन के माध्यम से 28 राज्यों और 8 केंद्र शासित प्रदेशों में 2,50,000 सी.एस.सी. तक पहुँचेगा।
- टेली-लॉ पहल के तहत दर्ज 6.09 करोड़ मामलों में से 6.02 करोड़ से अधिक मामलों को सूचित किया गया।

बजट आवंटन तीसरा चरण
2023 - 2027: 7210 करोड़ रुपए
857 ई सेवा केंद्र
Anshul Gupta

92. स्मार्ट जस्टिस : ई-न्यायालय मिशन

न्याय में तकनीकी प्रगति के लिए ई-कोर्ट मिशन मोड परियोजना का उद्देश्य कानूनी प्रक्रियाओं को आसान, पारदर्शी और नागरिक केंद्रित बनाना है। न्यायिक उत्पादकता बढ़ाने के लिए, चरण-III के तहत 2023 से चार वर्षीय केंद्रीय क्षेत्र योजना, एकीकृत, पेपरलेस इंटरफेस पर केंद्रित है। यह परियोजना वादी के चार्टर, प्रक्रियाओं को स्वचालित करने, पहुँच सुनिश्चित करने और 'विकसित भारत' में न्याय को किफायती, विश्वसनीय और पारदर्शी बनाने से संबंधित है। 2015 में स्वीकृत, यह पहल न्यायालयों को व्यापक रूप से कवर करते हुए चरण-II में हार्डवेयर प्रावधानों का विस्तार करती है। केंद्रीय मंत्रिमंडल की मंजूरी अदालतों, वादियों और हितधारकों को जोड़ने वाले एक निर्बाध, डिजिटल न्याय पारिस्थितिकी तंत्र के प्रति प्रतिबद्धता को रेखांकित करती है।

- 2023 से चार वर्षों के तीसरे चरण के लिए कुल बजट परिव्यय 7,210 करोड़ रुपए है।
- परियोजना का दूसरा चरण 2015 में शुरू हुआ था, जिसके तहत मार्च 2023 तक 18,735 जिला और अधीनस्थ न्यायालयों का कंप्यूटरीकरण कर दिया गया है।
- फरवरी 2023 में उन्नत सुविधाओं के साथ कानूनी कागजातों की इलेक्ट्रॉनिक फाइलिंग के लिए नई ई-फाइलिंग प्रणाली (संस्करण 3.0) शुरू की गई है।
- एम.एल., ओ.सी.आर. और एन.एल.पी. सहित ए.आई. और इसके उपसमुच्चय का लाभ उठाना एक स्मार्ट इकोसिस्टम का निर्माण करता है, जो बिना रुकावट बातचीत के लिए उपयोगकर्ता अनुभव को बढ़ाता है।
- 857 ई-सेवा केंद्र तकनीकी अंतर को कम करते हैं और यह सुनिश्चित करते हैं कि सभी नागरिक दिसंबर 2023 तक देश भर में जिला अदालतों में न्यायिक सेवाओं का उपयोग कर सकें।

-जिला स्तर के नीचे विशेष वाणिज्य न्यायालय : 758
-जिला स्तर पर विशेष वाणिज्य न्यायालय : 379
-जिला स्तर पर वाणिज्य अपील न्यायालय : 494

93. वाणिज्य न्यायलय अधिनियम : व्यापार अनुकूल न्याय व्यवस्था

केंद्रीय सरकार भारत को एक प्रमुख निवेश केंद्र के रूप में स्थापित करने का लक्ष्य रखती है, वाणिज्यिक न्यायालय अधिनियम, 2015 जैसे व्यापार-अनुकूल कानूनों को प्राथमिकता देती है। यह निवेश के लिए पूर्णतया रूप से अनुकूल वातावरण को बढ़ावा देने की प्रतिबद्धता को दरशाता है। साथ ही न्यायिक सुधारों में न्याय में तेजी लाने के लिए न्यायपालिका और विधायिका को शामिल करते हुए एक सहयोगी प्रयास शामिल है, जिसमें वैकल्पिक विवाद समाधान पर जोर दिया जाता है। वाणिज्यिक न्यायालय अधिनियम, 2015 और इसके 2018 के संशोधन में अपीलीय और जिला स्तरीय वाणिज्यिक न्यायालयों जैसी विशेषताओं के साथ वाणिज्यिक विवादों के लिए पूर्व-संस्थान मध्यस्थता और निपटान की शुरुआत की गई है। यह बहुआयामी दृष्टिकोण न केवल विवाद समाधान को व्यवस्थित करता है, बल्कि 'विकसित भारत' के दृष्टिकोण के अनुरूप 'ईज ऑफ डूइंग बिजनेस' को भी बढ़ावा देता है।

- संशोधन अधिनियम, व्यापक न्यायालय अधिकार क्षेत्र के लिए वाणिज्यिक विवाद सीमा को एक करोड़ से घटाकर तीन लाख कर देता है।
- मई 2023 के अनुसार, जिला न्यायाधीश स्तर से नीचे 758 वाणिज्यिक न्यायालय राज्य सरकारों को स्थापित करने का अधिकार देते हैं।
- मई 2023 तक जिला न्यायाधीश स्तर पर 379 वाणिज्यिक अपीलीय न्यायालयों में वाणिज्यिक न्यायालयों से अपील की अनुमति है।
- मई 2023 तक जिला न्यायाधीश स्तर पर 494 समर्पित वाणिज्यिक न्यायालय मौजूद हैं।
- वाणिज्यिक मामले के लिए औसत सुनवाई और निर्णय का समय 1,095 दिनों से घटकर 306 दिन हो गया।

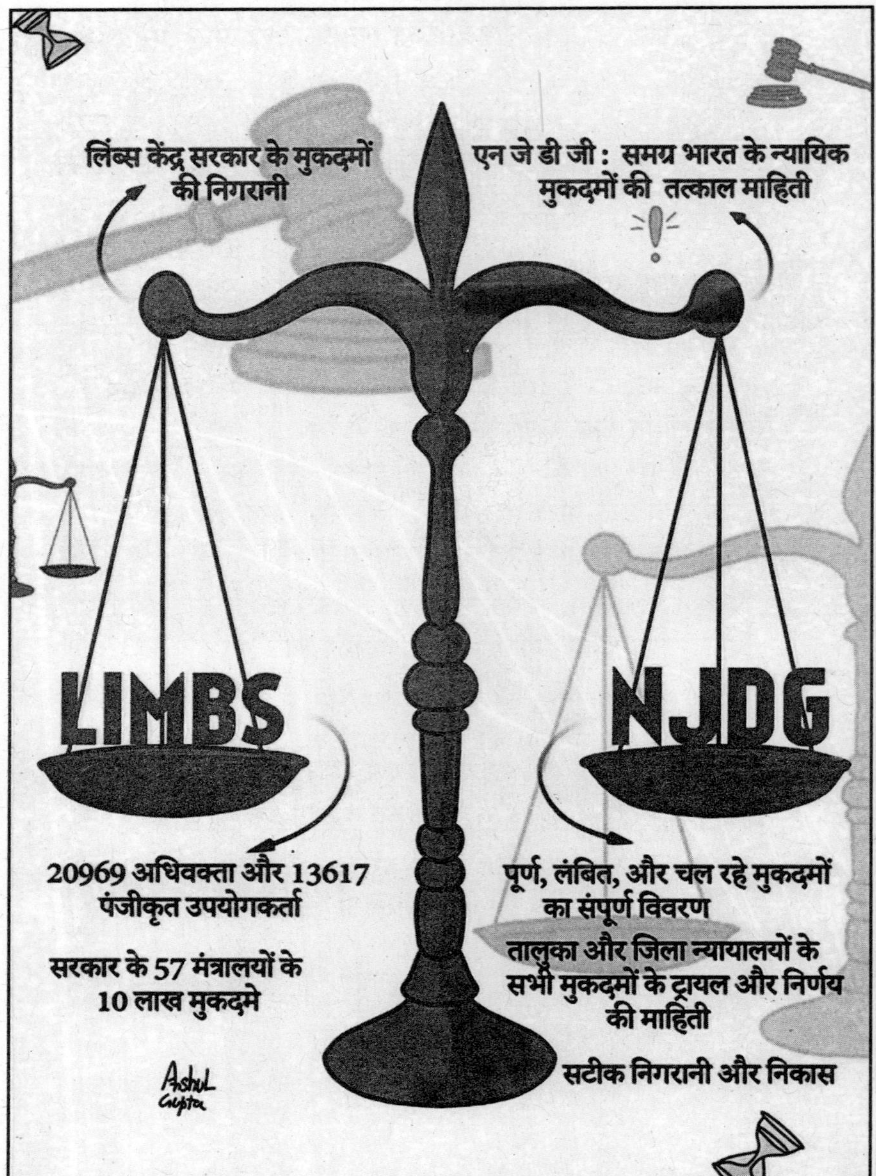
लिंब्स केंद्र सरकार के मुकदमों की निगरानी
एन जे डी जी : समग्र भारत के न्यायिक मुकदमों की तत्काल माहिती
LIMBS
NJDG
20969 अधिवक्ता और 13617 पंजीकृत उपयोगकर्ता
सरकार के 57 मंत्रालयों के 10 लाख मुकदमे
पूर्ण, लंबित, और चल रहे मुकदमों का संपूर्ण विवरण
तालुका और जिला न्यायालयों के सभी मुकदमों के ट्रायल और निर्णय की माहिती
सटीक निगरानी और निकास
Ashul Gupta

94. डेटा-संचालित जस्टिस : लिम्ब्स और एन.जी.डी.जी.

न्याय के क्षेत्र में, 2016 में शुरू किया गया एल.आई.एम.बी.एस., भारत संघ के अदालती मामलों की निगरानी के लिए एक नवीन प्रकार की योजना बनाता है। 24X7 सुलभ, यह वेब-आधारित मारवेल मंत्रालयों/विभागों को इनपुट और निगरानी के लिए एक अवांट-गार्डे डैशबोर्ड प्रदान करता है, जिसे ओपन सोर्स प्रौद्योगिकियों का उपयोग करके, बढ़ती हुई सुरक्षा को ध्यान में रखते हुए हाल ही में संशोधित किया गया है। इस बीच ई-कोर्ट परियोजना के अंतर्गत 2020 में शुरू किया गया राष्ट्रीय न्यायिक डेटा ग्रिड (एन.जे.डी.जी.) 18,000 से अधिक अदालतों के आँकड़ों के सामंजस्य के साथ एक जानकारी का समावेश करता है। वास्तविक समय में अद्यतन, एनजेडीजी न केवल न्यायिक काररवाई तक सार्वजनिक पहुँच सुनिश्चित करता है, बल्कि व्यापक मामले पर नजर रखने के लिए भूमि रिकॉर्ड डेटा को भी एकीकृत करता है, जो न्याय के एक सामंजस्यपूर्ण युग 'अमृतकाल' का उदाहरण है।

- दिसंबर 2023 तक एन.जे.डी.जी. में 4.43 करोड़ से अधिक मामले चल रहे हैं और 15.95 करोड़ मामलों का निपटारा किया गया।
- यह अदालत के न्यायाधीशों की संख्या, दैनिक सूचीबद्ध मामलों, अदालत के कमरों, कुल विचाराधीन मामलों की संख्या आदि पर वास्तविक समय की जानकारी दिखाता है।
- दिसंबर 2023 तक एल.आई.एम.बी.एस. के 20,969 से अधिक वकील पंजीकृत थे, जिनमें से 13,617 पंजीकृत उपयोगकर्ता थे।
- दिसंबर 2023 तक एल.आई.एम.बी.एस. 57 मंत्रालयों से केंद्र सरकार के 10 लाख मामलों का प्रबंधन करता है, जिसमें लंबित मामलों का विवरण दिया जाता है।
- एल.आई.एम.बी.एस. और एन.जे.डी.जी. मामलों की उचित निगरानी और तेजी से समाधान सुनिश्चित करते हैं।

2021 से 26 में न्यायिक इंफ्रास्ट्रक्चर के आधुनिकीकरण के लिए 9000 करोड़ रुपए का बजट आवंटन
2014 से पहले का न्यायालय
न्यायालय
Anshul Gupta

95. न्यायिक सुधार : दूरदृष्टि से होने वाले इंफ्रास्ट्रक्चर विकास

'विकसित भारत' की दिशा में एक दूरदर्शी कदम उठाते हुए केंद्रीय मंत्रिमंडल ने 2021 से पाँच वर्षों के लिए न्यायपालिका अवसंरचना विकास के लिए निरंतर केंद्र प्रायोजित योजना (सी.एस.एस.) को हरी झंडी दिखाई थी। लगातार चुनौतियों को स्वीकार करते हुए यह पहल न्यायिक अधिकारियों के लिए किराए के या टूटे-फूटे अदालत परिसरों और अपर्याप्त आवासीय सुविधाओं को संबोधित करती है। यह प्रतिबद्धता न्यायिक बुनियादी ढाँचे के प्रति सरकार की संवेदनशीलता के साथ मेल खाती है, जिसका उद्देश्य सुसज्जित अदालतें और आवास प्रदान करना है। राज्यों के लिए संसाधनों को बढ़ाकर यह सी.एस.एस. आधुनिक अदालत भवनों, आवासीय क्वार्टरों, वकील हॉल और डिजिटल सुविधाओं के निर्माण को बढ़ावा देता है—यह सभी के लिए आसान पहुँच, समय पर न्याय और तकनीकी रूप से समावेशी कानूनी परिदृश्य सुनिश्चित करने के लिए महत्त्वपूर्ण कद है।

- वर्ष 2021 से 2026 तक 5,357 करोड़ रुपए की महत्त्वपूर्ण केंद्रीय हिस्सेदारी के साथ 9,000 करोड़ रुपए का एक बड़ा बजट आवंटित किया गया।
- इसमें जिला और अधीनस्थ न्यायालयों में न्यायिक अधिकारियों के लिए 3,800 कोर्ट हॉल और 4,000 आवासीय इकाइयों का निर्माण शामिल है।
- इसमें 1,450 वकील हॉल, 1,450 शौचालय परिसर और 3,800 डिजिटल कंप्यूटर कक्षों का विकास शामिल है।
- 2021 में 5 वर्षों के लिए आवर्ती और गैर-आवर्ती अनुदान प्रदान करते हुए ग्राम न्यायालयों के लिए 50 करोड़ रुपए आवंटित किए गए।
- सरकार द्वारा 5,200 करोड़ रुपए मंजूर किए गए, जो 2014 –2021 तक दी गई मंजूरी का लगभग 60 प्रतिशत है।

□

समृद्धि का धान

खंड-20

समृद्धि का धान

"हमारे किसान हमारे अन्नदाता हैं।" जब हमारे किसान समृद्ध होंगे, तो भारत समृद्ध होगा। उनका आत्मविश्वास ही देश की ताकत है।"

—प्रधानमंत्री श्री नरेंद्र मोदी

(ट्विटर—17/03/2017)

ऑनलाइन व्यापार
त्वरित भुगतान
ई-नाम योजना
अधिक बाज़ार तक पहुँच
सटीक जानकारी
1.76 करोड़ किसान पंजीकृत, 1389 मंडियाँ, 2.5 लाख व्यापारी जुड़े
Anshul Gupta

96. ई-नाम : कृषि में समृद्धि के बीज

2016 में शुभारंभ के बाद से, ई-एन.ए.एम. योजना ने कृषि परिदृश्य में क्रांति ला दी है और इसे पारंपरिक व्यवसाय से अवसरों के एक गतिशील क्षेत्र में बदल दिया है। यह नवोन्मेषी मंच देश भर में ए.पी.एम.सी. मंडियों को एकीकृत करता है, एक एकीकृत इलेक्ट्रॉनिक व्यापार प्रणाली स्थापित करता है। इसका उद्देश्य पारंपरिक बाधाओं को दूर करके कृषि-वस्तुओं में अखिल भारतीय व्यापार को सुविधाजनक बनाना है। उत्पाद की गुणवत्ता में निहित पारदर्शी नीलामी प्रक्रिया, बेहतर मूल्य निर्धारण सुनिश्चित करती है। समय पर ऑनलाइन भुगतान से राष्ट्रीय कृषि बाजार की दक्षता और बढ़ गई है, जो स्मार्ट किसानों के साथ 'विकसित भारत' के विकास में योगदान दे रही है और इस क्षेत्र में विकास और समृद्धि को बढ़ावा दे रही है।

- नवंबर 2023 तक 1.76 करोड़ किसानों ने e-NAM में पंजीकृत है थे।
- नवंबर 2023 तक 23 राज्यों और 4 केंद्रशासित प्रदेशों से 1389 मंडियाँ एकीकृत की गई थीं।
- नवंबर 2023 तक 3,366 एफ.पी.ओ. और 2.5 लाख से अधिक व्यापारी मंच पर शामिल हुए थे।
- नवंबर 2023 तक प्लेटफॉर्म पर कुल कारोबार मूल्य 3 लाख करोड़ रुपए से अधिक हो गया था।
- इस पहल के तहत मुख्य परिणामों में एक बढ़ी हुई आपूर्ति श्रृंखला, कम बरबादी, भारत के लिए एक एकीकृत व्यापार लाइसेंस और किसानों के लिए बढ़ी हुई आय शामिल है।

1584 करोड़ के बजट के साथ 2027 तक 15,000 क्लस्टर में 7.5 लाख हेक्टर का लक्ष्य।

प्राकृतिक खेती अपनाने वाले किसानों को तीन साल के लिए प्रति हेक्टर15,000 रुपएकी सहायता मिलती है।

प्राकृतिक खेती पर राष्ट्रीय मिशन (एनएमएनएफ) भारतीय प्राकृतिक कृषि पद्धति (बीपीकेपी) का विस्तार करते हुए 2023-24 से स्वतंत्र रूप में लॉन्च हुआ।

किसान फील्ड स्कूल किसानों को प्राकृतिक खेती अपनाने के लिए प्रशिक्षित करते हैं।

प्राकृतिक खेती के लिए प्राकृतिक मिशन

2027 तक 15,000 भारतीय प्राकृतिक खेती जैव-इनपुट संसाधन केंद्रों का लक्ष्य।

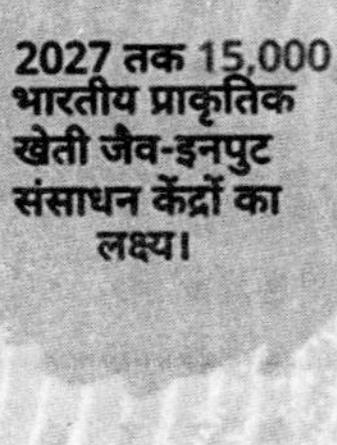

97. प्राकृतिक खेती हेतु राष्ट्रीय मिशन : पोषण युक्त भविष्य की फसल

पर्यावरण, स्वास्थ्य और जैव विविधता पर व्यापक कीटनाशकों के उपयोग के खतरनाक परिणामों के कारण प्राकृतिक खेती में एक महत्त्वपूर्ण परिवर्तन की आवश्यकता हुई। सरकार की दूरदर्शी पहल, राष्ट्रीय प्राकृतिक खेती अभियान, भारतीय कृषि को पुनर्जीवित करने में एक महत्त्वपूर्ण शक्ति के रूप में खड़ी है। रसायन-मुक्त खेती को बढ़ावा देने के माध्यम से, यह किसानों को स्थायी प्रथाओं को अपनाने के लिए प्रेरित करता है, जिससे देश भर में प्राकृतिक खेती तकनीकों को व्यापक रूप से अपनाने में मदद मिलती है। यह अभियान किसान समूहों की स्थापना करके एक अभिनव दृष्टिकोण अपनाता है, जहाँ प्रत्येक 50 हेक्टेयर का प्रबंधन करता है, परिवर्तनकारी अमृतकाल के दौरान समाज की भावना और साझा ज्ञान को बढ़ावा देता है साथ ही एक प्रगतिशील 'विकसित भारत' के विकास में योगदान देता है।

- राष्ट्रीय प्राकृतिक खेती अभियान (एन.एम.एन.एफ.) स्वतंत्र रूप से वित्तीय वर्ष 2023-24 से शुरू हुआ, जिससे भारतीय प्राकृतिक कृषि पद्धति (बी.पी.के.पी.) का दायरा व्यापक हो गया।
- 1584 करोड़ के बजट के साथ 2027 तक 15,000 समूहों में 7.5 लाख हेक्टेयर भूमि का लक्ष्य।
- प्राकृतिक खेती अपनाने वाले किसानों को तीन साल के लिए प्रति हेक्टेयर 15,000 रुपए की सहायता मिलती है।
- किसान फील्ड स्कूल किसानों को प्राकृतिक खेती अपनाने के लिए प्रशिक्षित करते हैं।
- इसका लक्ष्य 2027 तक 15,000 भारतीय प्राकृतिक खेती जैव-इनपुट संसाधन केंद्र बनाने का है।

राष्ट्रीय उत्पादकता परिषद के अध्ययन सॉइल हेल्थ कार्ड से 8%-10% रासायनिक खाद्य कटौती की पुष्टि करता है।
10,000 से अधिक जीआईएस-मेप वाली सरकारी प्रयोगशालाओं में 12 मापदंडों पर मिट्टी के नमूनों का विश्लेषण किया गया।
सॉइल नमूना परीक्षण के बाद अगस्त 2023 तक 23 करोड़ सॉइल हेल्थ कार्ड वितरित किए गए है।
राष्ट्र में विस्तृत जमीन मानचित्रण, 1,10000 पैमाने पर व्यापक प्राथमिकता वाले क्षेत्रों में उपग्रह डेटा और क्षेत्र सर्वेक्षण का उपयोग किया जाता है।
सॉइल हेल्थ में सुधार के लिए राष्ट्रव्यापी कार्यक्रम
सॉइल हेल्थ कार्ड
Anshul Gupta

98. समृद्ध भविष्य : कृषि में मृदा स्वास्थ्य को प्राधान्य

दुनिया के दूसरे सबसे बड़े कृषि उत्पादक के रूप में यह देश वैश्विक खाद्य सुरक्षा में सबसे आगे खड़ा है और स्थायी किसान समृद्धि की नींव उपजाऊ मिट्टी है। 2015 में शुरू किया गया और बाद में 2022–23 से राष्ट्रीय कृषि विकास योजना में एकीकृत किया गया, सॉयल हेल्थ कार्ड, जिसे 'मृदा स्वास्थ्य और उर्वरता' के रूप में जाना जाता है, 4:2:1 के इष्टतम एन.पी.के. अनुपात को लक्षित करता है। खाद्य के अति प्रयोग को रोकने के उद्देश्य से उठाए गए इस रणनीतिक कदम से किसानों के लिए खेती की लागत कम करने, किसानों की आय बढ़ाने और रासायनिक खाद्य पर निर्भरता कम करने के सकारात्मक परिणाम मिले हैं। इस प्रकार, यह पहल अमृतकाल के परिवर्तनकारी युग में मिट्टी की स्थिरता और किसान लाभप्रदता दोनों की दिशा में एक महत्त्वपूर्ण कदम का प्रतिनिधित्व करती है।

- मिट्टी नमूना परीक्षण के बाद अगस्त 2023 तक 23 करोड़ सॉयल हेल्थ कार्ड वितरित किए जा चुके हैं।
- 10,000 से अधिक जी.आई.एस.–मैप वाली सरकारी प्रयोगशालाओं में 12 मापदंडों पर मिट्टी के नमूनों का विश्लेषण किया जाता है।
- सॉयल हेल्थ कार्ड पोर्टल को अप्रैल 2023 से जी.आई.एस. के साथ एकीकृत किया गया है, जो मिट्टी परीक्षण को स्वचालित करता है।
- 1:10,000 पैमाने पर विस्तृत मृदा मेपिंग प्राथमिकता वाले क्षेत्रों में उपग्रह डेटा और क्षेत्र सर्वेक्षण का उपयोग करता है।
- राष्ट्रीय उत्पादकता परिषद् का अध्ययन एस.एच.सी. के साथ 8 से 10 प्रतिशत रासायनिक खाद्य कटौती की पुष्टि करता है।

यह योजना किसानों को कृषि खर्च को कवर करने और आधुनिक कृषि प्रौद्योगिकियों को अपनाने में सहायता करती है।

भारत सरकार से 100% आर्थिक राहत

नवंबर 2023 तक 11.27 करोड़ किसान पीएम-किसान योजना के लाभार्थी हैं।

प्रतिवर्ष 2000 रुपए की तीन समान किश्तों में कुल 6000 रुपए की प्रत्यक्ष आर्थिक सहाय।

पीएम किसान सम्मान निधि

BANK

99. पी.एम.-किसान : सशक्त किसान, समर्थ भारत

2019 में शुरू की गई, पी.एम.-किसान सम्मान निधि योजना एक उत्प्रेरक शक्ति के रूप में उभरी है, जो 2047 तक विकसित भारत की दृष्टि के अनुरूप भारतीय कृषि को समृद्धि और स्थिरता की ओर मार्गदर्शन करती है। दुनिया की सबसे बड़ी प्रत्यक्ष लाभ हस्तांतरण योजना के रूप में यह डिजिटल प्रक्रिया किसानों की वित्तीय पहुँच को सरल बनाती है, जिससे वे सशक्त होते हैं। केंद्रीय क्षेत्र की योजना के रूप में कार्य करते हुए पी.एम.-किसान खेती योग्य भूमि वाले परिवारों को वित्तीय सहायता प्रदान करता है। किसान-केंद्रित डिजिटल इंफ्रास्ट्रक्चर का लाभ उठाते हुए यह योजना बिचौलियों को खत्म करती है और देश भर में किसानों को लाभ का निर्बाध और उचित वितरण सुनिश्चित करती है। यह भारत के कृषि परिदृश्य को विकास और आत्मनिर्भरता के एक नए युग में ले जाती है।

- 11.27 करोड़ किसानों के आधार से जुड़े बैंक खातों में सीधे 6,000 रुपए की वार्षिक राशि तीन समान किस्तों में, यानी 2000 रुपए हस्तांतरित की जाती है।
- योजना शुरू होने के बाद से किसानों को 2.80 लाख करोड़ से अधिक की राशि वितरित की गई है, जिसमें नवंबर 2023 में 15वीं किस्त भी शामिल है।
- नवंबर 2023 तक 11.27 करोड़ किसान पीएम-किसान योजना के लाभार्थी हैं।
- पी.एम.-किसान ए.आई. चैटबॉट (किसान ई-मित्र) किसानों को क्षेत्रीय भाषाओं में भी योजना से संबंधित उनकी शिकायतों के लिए वन-स्टॉप समाधान प्रदान करता है।
- योजना की वित्तीय सहायता किसानों को कृषि खर्चों को कवर करने, बीज और खाद खरीदने और आधुनिक कृषि प्रौद्योगिकियों को अपनाने में सहायता करती है।

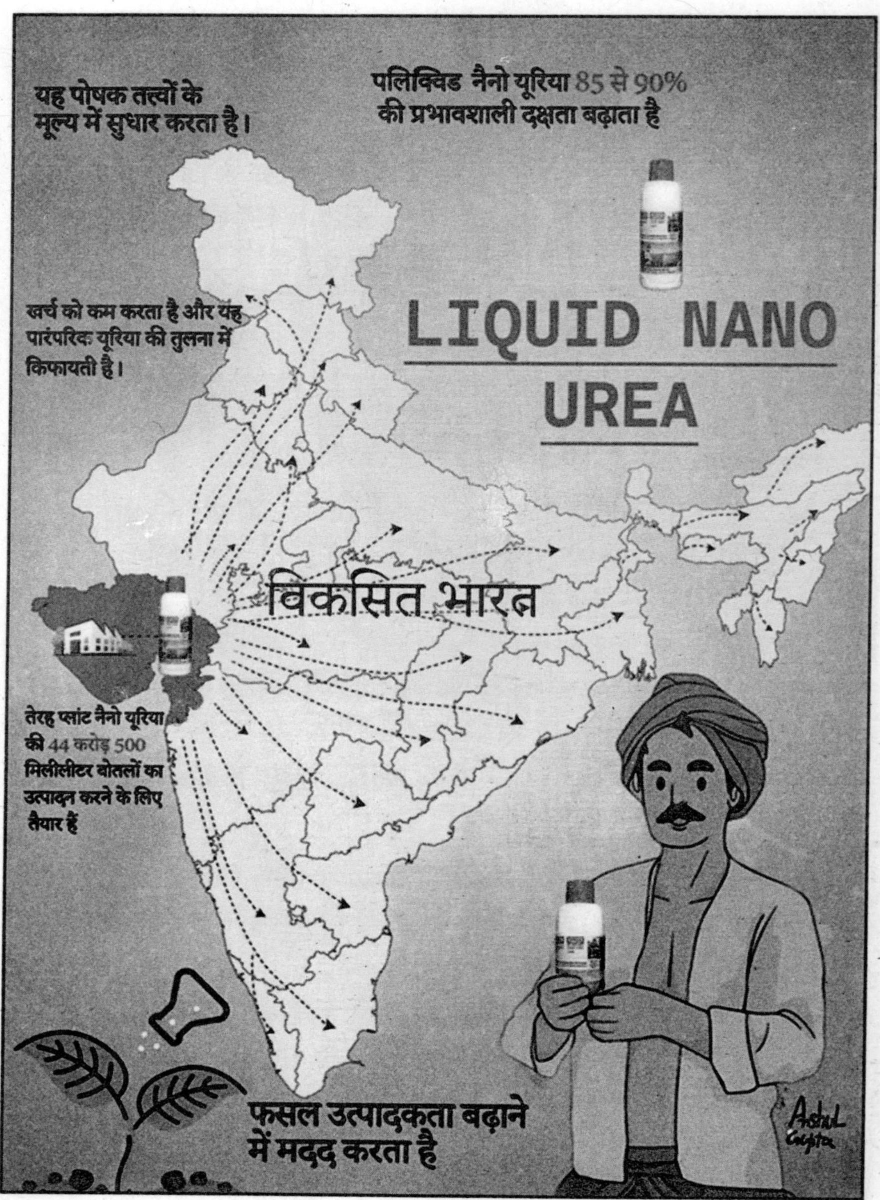
यह पोषक तत्वों के
मूल्य में सुधार करता है।
पलिक्विड नैनो यूरिया 85 से 90%
की प्रभावशाली दक्षता बढ़ाता है
LIQUID NANO
UREA
खर्च को कम करता है और यह
पारंपरिक यूरिया की तुलना में
किफायती है।
विकसित भारत
तेरह प्लांट नैनो यूरिया
की 44 करोड़ 500
मिलीलीटर बोतलों का
उत्पादन करने के लिए
तैयार हैं
फसल उत्पादकता बढ़ाने
में मदद करता है

100. लिक्विड नैनो यूरिया : फर्टिलाइजर क्षेत्र में उत्तम शोध

आयात यूरिया पर भारत की भारी निर्भरता ने चिंताएँ बढ़ा दी थीं, जिसने सरकार को दुनिया के पहले नैनो-यूरिया उत्पादन में निवेश के लिए प्रेरित किया। गुजरात के नैनो बायोटेक्नोलॉजी रिसर्च सेंटर में विकसित यह लिक्विड नाइट्रोजन का विकल्प नैनोकण के रूप में आत्मनिर्भर भारत और आत्मनिर्भर कृषि के साथ संरेखित है, जो किसानों के लिए लागत प्रभावी साबित होता है और लॉजिस्टिक खर्च में कटौती करता है। विकसित भारत के दृष्टिकोण के साथ, देश का लक्ष्य 2025 तक पूर्ण यूरिया आयात स्वतंत्रता का है। मई 2022 में लॉन्च किए गए नौ प्लांट दिसंबर 2023 तक चालू कर दिए गए।

- तेरह प्लांट 2025 तक नैनो यूरिया और डीएपी की 44 करोड़ 500 मिलीलीटर बोतलों का उत्पादन करने के लिए तैयार हैं।
- नैनो यूरिया और डी.ए.पी. की प्रत्येक 500 मिलीलीटर की बोतल पारंपरिक यूरिया के 45 किलोग्राम बैग की जगह लेती है।
- 2025 तक पारंपरिक यूरिया के स्थान पर 25 प्रतिशत नैनो यूरिया लगाने से आयात में सालाना 15,000-20,000 रुपए की बचत होगी।
- तरल नैनो यूरिया 85-90 प्रतिशत की प्रभावशाली दक्षता का दावा करता है, जो पारंपरिक यूरिया की 25 प्रतिशत दक्षता को पार करता है।
- आईसीएआर ने पारंपरिक यूरिया की अनुशंसित खाद्य के साथ-साथ नैनो यूरिया के पत्तेदार अनुप्रयोग के माध्यम से 3-8 प्रतिशत उपज लाभ की रिपोर्ट दी है।

□□□